L'ULTIMA CARTUCCIA

REMIGIO ZENA

- Accusato, alzatevi. Come vi chiamate?

- Faraone Raffaele.

- Vostro padre?

- Ferdinando.

- Quanti anni avete?

- Ventitre.

- Dove siete nato?

- A Sant'Eufemia di Marmore, provincia d'Aquila.

- La vostra professione?

- Sergente nel Reggimento Lancieri di Parma.

- Avete inteso l'atto d'accusa e la sentenza della commissione d'inchiesta? Sapete di qual reato siete chiamato a rispondere?

- Lo so.

- Dite al Tribunale tutto ciò che sapete in ordine allo stesso, ovvero le ragioni che credete possano discolparvi.

- Sono innocente.

- Seguitate dunque a negare d'essere l'autore del furto qualificato pel mezzo e pel valore di tremilasettecentottantasei lire e trenta centesimi perpetrato con scasso e chiave falsa nell'ufficio di Maggiorità del Reg-gimento Lancieri di Parma in Napoli la notte dal 28 al 29 giugno scorso?

- Nego.

- Non potete ignorare che esistono contro di voi gravi indizi.

- Sissignore.

- Gli indizi non sono prove e se anche a questi indizi si volesse dare il carattere di prove, essi non avrebbero alcun valore di fronte alla mia innocenza.

- Correte un po' troppo: dal vostro punto di vista può darsi benissimo che anche le prove debbano svanire di fronte alla vostra innocenza, dato che voi siate innocente, ma dovete ammettere che il Tribunale nel giudicarvi deve partire da ben altri criteri - dirò così – esteriori, e se realmente le prove si accumulano contro di voi, prove certe, matematiche, la vostra innocenza non è più che un'asserzione pura e semplice. Ma io non voglio parlare di prove, parlo di indizi e voglio pure ammonirvi che il Tribunale ha facoltà piena ed assoluta d'apprezzamento anche degli indizi; tocca a voi annientarli.

- Signor colonnello, se durante l'istruttoria lunghissima si son volute ritorcere contro di me alcune cir-costanze del tutto estranee al furto avvenuto e a queste circostanze dare il titolo di indizi per farmi risultare colpevole ad ogni costo, io non le posso distruggere, potrò solamente spiegarle, e forse nemmeno tutte.

- Spiegatele. - Un momento. Prima d'andare innanzi è bene che per la moralità della causa i signori giudici conoscano i vostri precedenti, la vostra educazione, le vostre avventure, i vostri istinti buoni e cattivi: cercherò io di riassumere tutto ciò sommariamente, come l'ho desunto dalla minuziosa lettura degli atti procedurali. Sarà in vostra facoltà, secondo il vostro diritto di accusato, di rettificare gli errori involontari o le omissioni di circostanze che riterrete favorevoli. State attento.

- Sissignore.

- Voi appartenete a una buona famiglia degli Abruzzi, vostra madre porta un nome patrizio, vostro padre è, o era, uno dei maggiori possidenti di Sant'Eufemia. Come figlio unico maschio, tutte le gioie e tutte le speranze della famiglia si raccolsero sopra di voi, niuna cura fu risparmiata per la vostra educazione; avevate ingegno pronto e vivace; attraversaste con plauso le scuole ginnasiali, tutto faceva supporre che i pronostici felicissimi dei genitori e dei parenti si sarebbero avverati assai presto; una zia, senza figli, morendo vi lasciò erede della sua sostanza, un capitaletto d'una ventina di mille lire; a sedici anni eravate studente di liceo in un collegio d'Aquila tenuto da ecclesiastici e il primo della vostra classe; un bel mattino, insalutato ospite, spariste dal collegio; dopo due giorni di ricerche la polizia vi trovò nascosto in un lupanare.

- Non avevo altro mezzo che la fuga per ottenere da mio padre la liberazione da quella schiavitù che mi era divenuta insopportabile; speravo... anzi avevo deciso di recarmi a Roma, dove avrei proseguito i miei studi con il frutto del capitale ereditato dalla zia, senza dipendere da alcuno.

- Benissimo. Naturalmente dopo una prodezza simile, non ostante l'affetto e la stima che avevate saputo accaparrarvi dai vostri superiori, i quali non saprei dire se più pel vostro talento o la vostra ipocrisia - vi tenevano in concetto d'un vero prodigio, naturalmente le porte del collegio non vi si riaprirono più, e questo era il maggiore dei vostri desideri; foste accompagnato a casa, a Sant'Eufemia, da un agente di Pubblica Sicurezza...

- Da un delegato!

- Da un delegato. - Disperazione di vostro padre, di vostra madre, dell'intera famiglia... ma c'è un altro fatto da notare in quella congiuntura: lo stesso giorno della fuga dall'orribile carcere in un monastero... meno rigido, il professore di greco e latino, che era anche vicerettore e nutriva per voi una predilezione singolarissima, avvertì un'altra fuga bizzarra e altrettanto spiacevole, dal suo cassetto: quella molto prosaica di un biglietto da cento lire; non voglio insinuare che tra le due fughe ci fosse il minimo rapporto, ma la questura ne ebbe qualche sospetto non del tutto gratuito, operò delle indagini nella casa dove il rifugio vi era stato concesso, e forse non si sarebbe appagata d'un semplice accompagnamento a Sant'Eufemia, se il professore non avesse subito interrotta l'istruttoria preliminare, dichiarando generosamente d'aver rinvenuto in una farragine di carte quel biglietto da cento che a tutta prima egli aveva supposto rubato o smarrito.

- Non si trattava d'essere generoso, si trattava di dire la pura verità.

- Infatti, sfolgorando la verità, ogni supposizione fiscale - diciamo così - cadde e l'inchiesta fu troncata sui primordi!!! Per amore o per forza rimaneste in famiglia, al vostro paese, il resto dell'anno, studiando per conto vostro, e senza l'aiuto di professori preparandovi all'esame di licenza liceale: un istinto d'ambizione, soccorso mirabilmente da un vero talento d'uomo che vuole arrivare, vi inchiodava per ore ed ore sui libri scolastici e classici, a decifrarli da voi solo, a superarne le difficoltà, come in altri momenti un istinto di lussuria, se pure non sarebbe più giusto denominarlo istinto di vanità, vi trascinava, adolescente innamorato della sua persona, alle imprese e alle conquiste di Don Giovanni. Fu in quel torno che per causa vostra un ingegnere delle ferrovie scannò la moglie sotto i vostri occhi... senza che un grido, un gesto, un atto qualunque partisse da voi per tentare d'impedire l'atroce carneficina.

- Non ero armato... mi trovavo materialmente in condizioni tali... che ogni tentativo da parte mia di porgere soccorso alla vittima pur troppo sarebbe stato inutile; sono io il primo a deplorare, ma sfido chiunque nel caso mio...

- Chiunque nel caso vostro sarebbe balzato fuori dal vituperio del suo nascondiglio dietro i cortinaggi del letto coniugale! Almeno avrebbe urlato, chiamato gente...

- Non avrei fatto che inferocire dippiù quell'energumeno, non avevo armi, ripeto, né alcun istrumento di ferro o di legno, e se mi fossi messo a gridare, dalla finestra, nel cuor della notte, i soccorsi sarebbero sempre giunti troppo tardi, e il marito avrebbe trovato lui la maniera di farmi subito tacere.

- Viva Dio! Uomo contro uomo! Non si lascia sgozzare così una povera donna senza farsi vivo, neppure per fuggire! La fuga stessa sarebbe stata meno vile dell'immobilità, poiché durante un attimo avreste affrontato l'energumeno, e la vostra apparizione repentina forse l'avrebbe distolto dall'eccidio della moglie per inseguirvi. Uomo contro uomo! avesse avuto magari una spiringarda, e voi, in camicia, nient'altro che le vostre mani... Oh! In due, corpo a corpo, coi denti, colle unghie, c'è sempre mezzo di tentare la lotta, una lotta disperata!... Non parliamone più; chi è morto giace; se quella donna ci ha rimesso la pelle per amor vostro, sorpresa nell'adulterio da un marito fanatico, se questo marito, che pel suo servizio avrebbe dovuto quella notte trovarsi a Isernia o a Sulmona, fu così imbecille da credere a una lettera anonima e giungere a casa improvvisamente e la mattina dopo farsi stritolare da un treno... in fin dei conti... l'uomo è cacciatore, massime quand'è giovine come voi, bel giovine, buona gamba e stomaco robusto, non è vero? Va a caccia dove può, e se c'è dei merli che ci restano, tanto peggio pei merli! - Andiamo avanti.

- La supplico, signor colonnello, mi risparmi queste frecciate d'ironia!... sono qui sul banco degli accusati... è abbastanza angosciosa la mia posizione e abbastanza umiliante perché io possa invocare la misericordia del Presidente a proposito di fatti molto antichi... estranei a quello che oggi mi si vorrebbe attribuire.

- Andiamo avanti. - Come non poteva essere altrimenti, la vostra avventura suscitò in paese uno scandalo enorme: c'erano due cadaveri da seppellire, c'erano degli orfani da raccogliere, una famiglia annientata, nell'ignominia e nel sangue; la vostra permanenza a Sant'Eufemia sarebbe stata un insulto ed anche un rischio temerario, d'altra parte a voi non sembrava vero di togliervi alle continue rimostranze di vostro padre, agli eterni piagnistei di vostra madre e delle sorelle; l'occasione era ottima per andarvene, finalmente a Roma, libero, indipendente, con dei quattrini in saccoccia...

- Non molti: dopo il tristissimo avvenimento essendo in rotta con mio padre, mese per mese io non ricevevo da lui che il frutto assai magro delle ventimila lire di mia proprietà, più un assegno di cinquanta lire; a Roma costa assai cara la vita...

- Non c'è dubbio, in ispecie quando si vuole scialarla la vita e godersela da gran signore, frequentare i salotti, i clubs e i ritrovi sportivi dell'aristocrazia, i cenacoli del demimonde, mantenere con sfarzo il lusso proprio e di qualche creatura esotica... più che mondana. La piccola somma che vi si spediva da casa come assegno mensile era una goccia d'acqua nell'Atlantico per voi che avevate preso a prestito da vostra madre il nome e il titolo della sua famiglia per spacciarvi duca di Pietragalla; ma i quattrini non vi facevano difetto, stante la mediazione di un pezzo grosso vostro compaesano che vi aveva aperto la borsa degli strozzini più insigni di Roma e più ancora per la condiscendenza di vostra madre, la quale si lasciò indurre a certi sotterfugi di vendite e ipoteche dei suoi beni parafernali per sopperire ai vostri scialacqui all'insaputa del marito. E così, messi da banda gli studi universitari cominciati, vi lanciaste nel vortice, non senza ostentare un elegante dilettantismo letterario che aggiungeva alla vostra fama di epulone minorenne un profumo di poesia: pubblicaste, se non erro, un volumetto di versi e faceste pure rappresentare al teatro una specie di vaudeville in un atto, omaggio a un'attrice, beniamina del pubblico e anche vostra.

. . . .
. . . . .

. . . .
. . . . .

- Capisco e lodo gli scrupoli dell'egregio avvocato, capisco come troppo non garbi a lui né al suo difeso che si vadano rinvangando certi fatti in un terreno vulcanico, dove il fuoco è ancora latente sotto la prima crosta; mi permetto però d'osservargli anzitutto che circa l'opportunità di esporre alla luce questi fatti più o meno inerenti alla causa, sono io unico arbitro, in virtù del potere discrezionale che mi conferisce la legge; quanto poi al timore, velatamente e abilmente espresso, che i signori giudici possano per avventura ricevere dal mio racconto, dalle mie chiose, dal mio tono di voce un'impressione sfavorevole all'accusato, risponderò che conosco troppo bene i giudici componenti questo Tribunale ed essi conoscono troppo bene il loro Presi-dente perché un tale timore abbia ragione di sussistere; anche se io fin d'ora presumessi un dominio che non ho, l'affermazione della loro indipendenza non tarderebbe.

Ripigliamo il filo. - Puntellata giorno per giorno a furia d'espedienti d'alta fantasia, una vita simile non poteva durare, il barbaglio non poteva esserne che fittizio: le cambiali nuove non bastavano più a impedire i protesti delle vecchie, certi loschi personaggi che a voi, Faraone, avevano prestato il loro nome per supplire alla vostra minorità, un mondo d'onesti creditori da una parte, d'usurai dall'altra, cominciarono a strepitare, vi si strinsero attorno minacciosi, tutta gente che aveva fatto a fidanza col duca di Pietragalla e presentiva di doversene rimanere a denti asciutti, col danno e le beffe. Con abilità raffinata riusciste ancora per qualche tempo a tener su la baracca dopo che già le screpolature si erano palesate dal tetto alla cantina; chi diede il crollo fu appunto quell'artista del Quirino, alla quale bruciaste i vostri incensi durante una stagione: costei - pare che avesse tra le mani un giuramento vostro solennissimo, scritto col sangue, nientemeno, sopra carta bollata! - si era fitta in capo di diventare duchessa di Pietragalla, e aspettando pazientemente che il giorno propizio maturasse, languente d'amore casto e puro, non apriva più che a voi la sua porta, per dimostrarvi come sapesse rendersi degna di cingere ad un tempo le due corone nuziale e ducale! Quando una bella sera, memoranda nei fasti delle gelosie, dopo un avvicendarsi di sospetti, d'alterchi, di preghiere, di minacce, acquistò la certezza d'essere stata soppiantata da un'altra aspirante e voi tranquillamente gliela ribadiste in faccia togliendole ogni e qualunque velleità di ritorno, non fece che attendere il mattino per sporgere querela di truffa a carico vostro, tirando in ballo certi gioielli d'alto prezzo, spariti, poi ritrovati, poi di nuovo spariti...

- La querela non ebbe corso.

- Mi sarei affrettato a dirlo, se voi non mi aveste interrotto. - Non ebbe corso per l'intromissione di benevoli mediatori, perché nel garbuglio erano immischiati due o tre ragazzacci protetti dal loro nome autentico e da un pietoso arrabattarsi su e giù, a destra e a sinistra, di personaggi potenti e così anche voi ne approfittaste.

- Non so nulla di queste cose.

- Il processo venne strozzato, ma non per questo fu minore lo scandalo e chi più di tutti ne uscì colla testa rotta foste voi: i ritrovi mondani vi furono chiusi, anche i meno onesti; gli amici di baldoria non vi guardavano più in faccia; per contro il risvegliarsi e l'assedio continuo dei creditori, citazioni da ogni parte, minacce furibonde d'altre querele; e frattanto, a Sant'Eufemia, la famiglia in lagrime, vostra madre nell'angoscia di sapersi coll'acqua alla gola e d'avere per voi sperperato quel poco che possedeva di suo, vostro padre, irritatissimo, affranto lui pure per altri dissesti, senza modo materiale di far fronte subito alla crescente marea che travolgendo voi travolgeva l'intera famiglia; possibilità o speranza di tornare a galla, nessuna; vostro padre vi scriveva: «guardati bene dal mettere più piede in casa, ci hai tradito e vituperato; questa casa non è più tua; mi aprirò le vene e pagherò, pagherò, se occorre, col sangue, ma per noi sei morto, sei morto!».

- Era un impeto di sdegno momentaneo; poco dopo mio padre finì per perdonarmi.

- Sicuro, quando gli sembrò di scorgere in voi i segni d'un vero pentimento e non fossero bugiarde le promesse, più coi fatti che colle parole, d'una trasformazione radicale di vita. Egli stesso, irremovibile, nel negarvi l'autorizzazione e i mezzi di fuggire in Egitto o in America o al Transvaal, come ne avevate l'idea, perché capiva che oltre essere ignominiosa, una fuga di questo genere vi avrebbe condotto a certa morte o in galera - egli stesso vi suggerì l'unica via di salvezza, l'unica che potesse riabilitarvi.

- Se fossi partito allora pel Transvaal, avrei subito ottenuto a Pretoria un impiego nella Compagnia delle miniere, grazie a potenti raccomandazioni di una... cioè d'un Ambasciatore estero.

- Senza saper l'inglese?

- L'avrei imparato durante il viaggio; la buona volontà non mi sarebbe mancata.

- Fatto sta che vostro padre, ripugnandogli di vedervi abbandonare la patria come l'abbandonano i malfattori, in buon punto si rammentò d'avere un parente per parte della moglie, che comandava a Udine un reggimento di cavalleria...

- Mio cugino, il colonnello Navarra.

- E fu una fortuna per voi: così aveste saputo approfittarne! - Davanti al bivio del precipizio o della riabilitazione, un lampo di resipiscenza vi illuminò: proseguire gli studi in una qualunque università che non fosse Roma, inutile pensarci - almeno pel momento - dato il fermo rifiuto di vostro padre di somministrarvi l'assegno più modico, e partiste per Udine e vi arruolaste semplice soldato, come volontario ordinario, nel reggimento del colonnello Navarra, vostro cugino.

- Siccome non avevo ancora smesso l'intenzione di laurearmi avvocato, speravo che mi sarebbe stato concesso d'iscrivermi all'università di Padova e poi a suo tempo avrei ottenuto licenza di recarmi a Padova durante il periodo degli esami.

- Comunque sia, arruolato colla ferma d'anni cinque e ammesso al plotone allievi sergenti, per leale debito di verità mi compiaccio constatare che fino dal primo giorno vi dimostraste il modello delle reclute e poi, in progresso di tempo, l'ottimo dei soldati, non saprei dire se per la sorveglianza speciale del colonnello, o per un desiderio in voi di vita nuova, o per una felice conversione di sentimenti; ossequente alla rigida disciplina della caserma, pronto e volenteroso in tutti i servizi anche meno piacevoli, massimamente ostici sul principio, ardito a cavallo, cavaliere elegante, svelto... insomma vi accaparraste assai presto la benevolenza dei vostri superiori e la loro stima, che vale più della benevolenza. Caporale dopo sei mesi, poi caporal maggiore, in meno d'un anno foste promosso sergente e per vostra sventura dal reggimento Cavalleggeri di Faenza trasferito nei Lancieri di Parma a Savigliano, dove il nuovo colonnello, naturalmente, non avendo con voi relazioni di famiglia né speciali motivi per invigilarvi come l'altro comandante e d'altra parte ben prevenuto dalle splendide note del vostro foglio caratteristico, vi lasciò tutta la libertà che i regolamenti consentono.

- Non credo d'averne abusato, massime in una guarnigione così modesta com'è quella di Savigliano!

- Non ne abusaste nel vero senso della parola, quantunque risulti che dopo pochi mesi di soggiorno, anche a Savigliano ricominciaste a intavolare qualche debito, di modo che più d'un creditore sporse reclamo al Comando...

- Uno solo, e non per denari presi a prestito, ma per una tenuta fuori ordinanza che mi ero fatta fare, mosso dalla piccola vanità di far colpo sui miei nuovi colleghi. Ormai avevo abbandonato ogni idea di laurea, e preso gusto alla vita militare, che insomma aveva fatto di me un altr'uomo; sedotto facilmente dalla prospettiva delle spalline e d'una carriera brillante, non pensavo più che al giorno in cui mi sarebbe stata aperta la scuola di Modena e vestendo, nelle ore d'uscita insieme ai miei compagni, una divisa più appariscente, mi sembrava d'essere già quasi ufficiale e di potermi permettere il lusso d'una certa vanagloria.

- Capisco. Infatti avevate quasi la certezza morale d'essere ammesso a suo tempo alla scuola di Modena dei sottufficiali e ottenere le spalline. Tanto è vero che più tardi, qui a Napoli, foste visto qualche volta, di sera, in tenuta d'ufficiale. Lasciamo correre. La vostra promozione non avvenne... in grandissima parte per colpa vostra, un poco a causa - come potrei chiamarla? - di quella benedetta febbre che continuamente vi bruciava il sangue, d'incarnarvi nella pelle di Don Giovanni, molto più per certi sospetti d'irregolarità amministrative...

- Fui vittima d'una calunnia!

- ... Dapprima il Reggimento mutò stanza, passò da Savigliano a Napoli, col vostro squadrone voi andaste in distaccamento a Nocera e fu appunto là che, propalate non si sa da chi, giunsero all'orecchio del colonnello certe voci a carico vostro...

- Calunniose, ripeto, e potrei provarlo, se volessi!

- ... Forse calunniose, le quali vi accusavano di favoreggiamento e di partecipazione ai lucri vistosi, molto loschi, che sul fieno e sulla biada e sulla paglia pei cavalli faceva un fornitore mediante un sistema di buoni falsi o falsificati. L'inchiesta nulla poté accertare contro di voi, ma bastarono i sospetti, bastò anzi il germe del dubbio per precludervi la carriera: il colonnello dovette, malgrado suo, cancellarvi dal quadro dei proposti per Modena.

- Fu tutta una trama scellerata, ordita a mio danno per spirito di vendetta... e di gelosia... una persona... una persona, che non voglio nominare, aveva astio contro di me e non sapendo come vendicarsi in altro modo, si giovò della circostanza che io frequentavo con una certa dimestichezza la casa di quel tale fornitore... si giovò di alcuni biglietti da me scritti alla moglie del fornitore stesso e perfidamente sottratti mediante la complicità d'una serva...

- Entriamo in particolari di genere intimo, a proposito dei quali su per giù, il Tribunale può dichiararsi già sufficientemente istruito, ora che conosce il sommario morale della vostra vita. - Volete proseguire? non intendo affatto di togliervi la parola. Sia per non detto: proseguite pure.

- Non ho più nulla da aggiungere, signor Presidente.

- Benissimo. - L'udienza è sospesa per cinque minuti.

- Ed ora, sergente Faraone, veniamo all'accusa vera, al fatto sostanziale, caratteristico, che ha dato origine al processo odierno.

- Ripeto che sono innocente.

- Pel vostro onore e pel vostro avvenire, per la vostra famiglia mi auguro e desidero che vi riesca di darcene la dimostrazione.

- Lo spero.

- La mattina del 29 giugno scorso il tenente contabile ufficiale signor Pasquiroli Olindo, entrato secondo il solito nell'ufficio di Maggiorità, dove già si trovavano il furiere Bonalumi e il caporale Greco, si accorse con brutta sorpresa che la serratura del suo tavolino era stata sforzata e dal cassetto portate via circa trecento lire che appunto nel cassetto aveva riposto il giorno prima, alla chiusura dei conti.

- Più volte, quando lavoravo in Maggiorità, ebbi occasione di mettere sull'avviso il signor tenente Pasquiroli che non lasciasse mai denaro, suo o dell'Amministrazione, dentro il cassetto del tavolo, ché la serratura non offriva nessuna garanzia e prima o dopo, qualche notte, un latrocinio sarebbe successo, infallantemente.

- Il peggio fu che più tardi, forse un'ora dopo, aperta la cassa corrente, ossia, diciamo così, per intenderci col difensore, la cassa secondaria destinata all'uso giornaliero, il tenente ebbe una sorpresa ancora più brutta dell'altra: constatò, nientemeno, la sparizione di tutto il fondo di cassa, verificato la vigilia: tremila quattrocento ottanta lire! sorridete?

- Nulla... nulla!

- Pretendereste di ripetere, qui davanti al Tribunale, voi accusato, pretendereste di ripetere l'insinuazione già scagliata contro il tenente Pasquiroli nel periodo dell'istruttoria, che egli avesse trafugato l'intera somma e poi architettata la commedia del doppio furto, l'uno con rottura, l'altro con chiave falsa, per premunirsi da qualunque sospetto?

- La mia non era, non voleva essere insinuazione, signor Presidente; il cielo me ne guardi! fra le tante era un'ipotesi come un'altra... e non venne in mente a me solo. Se a lei piace, dichiaro che la ritengo ingiusta, assurda...

- Pensate a scolparvi, invece d'aguzzare la punta velenosa delle vostre ironie!

- È dal giorno in cui venni arrestato, che ci penso, e sono già parecchi mesi, signor colonnello! Mesi d'angoscia, mesi di tortura, che pesano come anni nella vita d'un uomo, massime quando quest'uomo è innocente, e giorno e notte si vede davanti la prospettiva d'una condanna... quasi certa!

- Questa è la vostra fede nella giustizia e nella vostra innocenza? - In complesso erano dunque tremila-settecento ottantasei lire involate durante la notte: da chi? Uno o più ladri? Estranei o individui del Reggimento? Se varie circostanze, come, ad esempio, quella che dei tre tavolini esistenti nella stanza solo il tavolino dell'ufficiale venne scassinato, quella della lucerna a olio trovata nell'ufficio la mattina, lucerna da lunghissimo tempo non adoperata, anzi lasciata arrugginire nel ripostiglio attiguo ed ora improvvisamente fornita d'olio e di stoppino da chi ne conosceva l'esistenza, quella d'un vecchio tappeto tirato fuori anch'esso dal ripostiglio e disteso sulla porta a vetri che dà nel corridoio, infine quella della chiave falsa preparata con tutto l'agio possibile - se queste circostanze indicavano gente pratica del luogo e delle consuetudini, d'altra parte, i ladri che avrebbero dovuto già trovarsi in caserma o entrare tranquillamente per la via ordinaria, risulta che vennero dal di fuori scegliendo il mezzo meno propizio, ossia scavalcando il muro di cinta del cortile dalla parte del vicolo chiuso di Caifasso, rompendo un vetro d'una finestra a pianterreno sotto il porticato per penetrare nella sala di scherma e da questa nel bugigattolo che si trova immediatamente sotto il ripostiglio della Maggiorità, collocando uno sull'altro due cassoni e un tavolo per giungere al soffitto di legno e alzare una bo-tola, e per mezzo della botola da tutti ignorata, introducendosi nel ripostiglio. - I signori giudici hanno ben seguito e compreso l'itinerario? ecco la carta topografica del quartiere.

- Faccio osservare che anche essendo in caserma, i ladri dovevano per forza servirsi della botola, poi-ché di notte l'uscio della Maggiorità è sempre chiuso a catenaccio e il minimo tentativo di sforzamento avrebbe svegliato il piantone e dato l'allarme.

- Comprendo come sia vostro intento dimostrare che i ladri erano in caserma e non venuti dal di fuori; purtroppo non può sussistere ombra di dubbio, dal momento che appiedi del muro, sia di qua sia di là, sul terreno molle per la pioggia si riscontrarono tracce di scarpe e dal lato esteriore del muro stesso nel vicolo di Caifasso, si rinvenne una pertica abbastanza lunga, senza aiuto della quale il ladro, anche buon ginnastico, non avrebbe potuto compiere la scalata.

- Dalle tracce sul terreno si sarà constatato facilmente se si trattava d'una persona sola o di varie per-sone.

- Infatti dalle impronte numerose, ancora fresche, si pensò a tutta prima che fossero parecchi coloro che avevano scavalcato il muro di cinta, ma non riuscì difficile stabilire che esse erano d'un individuo unico, moltiplicate a bello studio anche nel percorso sotto il porticato fin sotto la finestra della sala di scherma; ma qui casca l'asino: tolto l'ostacolo d'un vetro, dopo averlo impiastricciato di fango per attutirne sul lastrico il rumore dei pezzi rotti, e introdottosi nell'interno, il lestofante non si curò più dei pretesi compagni, ossia dimenticò di simularne le tracce, e tanto nella sala come nel bugigattolo non apparvero che i segni del terriccio lasciati da un solo paio di scarpe.

- In fondo queste risultanze non mi fanno caldo né freddo: le ho contraddette e seguito a contraddirle, perché mi sembrano inverosimili, perché non è affatto escluso che siano state ordite dai veri autori per sviare le indagini. Non ignoro sopra quali elementi, purtroppo assai più gravi, si fonda contro di me l'accusa del Pubblico Ministero.

- Veniamo alle supposizioni, ai sospetti, non appena il latrocinio si rivelò in tutta la sua temerità, quasi artistica. Data la certezza che si trattava di gente familiare all'ufficio, e meglio ancora, di malfattori insigni pel loro talento e per la loro astuzia, l'ipotesi fatta ora da voi che si fosse voluto con simulati artifizi trascinare l'autorità sopra una falsa pista, non era da disprezzarsi; intanto bisognava procedere per eliminazione, cominciando dal colonnello, maggior relatore, direttore dei conti, venendo giù giù fino all'ultimo piantone.

- Se il signor Presidente me lo concede, vorrei dire che questo sistema mi sembra molto pericoloso: si parte da un preconcetto più forte della volontà, che s'impone a qualunque esame, a qualunque scrupolo; in casi simili chi potrebbe sospettare seriamente d'un colonnello o d'un maggior relatore? questo no, perché è colonnello; quest'altro nemmeno, perché è capitano; quest'altro nemmeno, perché è tenente... a furia d'eliminare dalla scacchiera i pezzi grossi, in ballo non rimangono più che i pedoni!

- Oltre essere poco rispettosa e inopportuna, la vostra osservazione è anche ingiusta: dovreste rammentarvi che uno dei primi ad essere scartato, foste appunto voi.

- Sfido!... non ero presente al Reggimento.

- Verissimo, non eravate presente e allora nessuno pensò di sospettarvi.

- Ma non si pensò neppure d'approfondire le ricerche con quella minuziosa inquisizione che più tardi si usò a carico mio per dar corpo alle ombre e che forse, allora, avrebbe prodotto risultati molto diversi: eliminando, eliminando, avendo quasi paura di trovare il filo, non si venne a capo di nulla, la matassa restò più imbrogliata che mai, e i veri colpevoli a ridere nel buio più che mai, ad applaudirsi d'averla fatta franca in barba a tutte le inchieste, a tutti i codici, a tutti i tribunali di questo mondo.

- Sergente Faraone, vi ammonisco ancora una volta! da quando in qua non siete più militare, per darvi il lusso di assumere questo tono d'arroganza e di beffa davanti ai vostri giudici che non cessano d'essere vostri superiori? Non intendo menomare i diritti né la libertà di parola...

- Signor col...

- Tacete! aspettate che io vi interroghi! - Oggi l'accusato siete voi: pensate a difendervi, non ad accusare altre persone; siete voi l'accusato: giovatevi del vostro talento per convincerci che siete innocente e se la prova non potete fornirla se non accusando, fuori i nomi. Abbiate il coraggio, abbiate la schiettezza, almeno una volta in vita vostra! I nomi e le prove! Ma mezzi termini non ne voglio e non ammetto insinuazioni! Siamo intesi! - Otteneste nel mese di giugno una piccola licenza di giorni quindici per Sant'Eufemia: che giorno siete partito?

- La mattina del 18.

- Vi presentaste poi di ritorno al Reggimento?

- La mattina del 5 luglio.

- Dunque non figuravate presente la notte dal 28 al 29 giugno, questo è indubitato. Per quali ragioni domandaste e otteneste la licenza?

- Mia madre era seriamente ammalata.

- In giugno?

- In giugno.

- Da un rapporto dei Carabinieri di Sant'Eufemia non risulta.

- Feci vedere le lettere della famiglia che mi chiamavano a casa, al signor capitano Bentivoglio, aiutante maggiore.

- Dicono i Carabinieri che vostra madre fu bensì ammalata, ma nel mese di aprile, e non fu mai in peri-colo.

- Domandi al signor capitano Bentivoglio.

- Domanderemo. Si sospetta però che voi abbiate ingannata la buona fede del capitano, mostrandogli le lettere ricevute due mesi prima. Ad ogni modo, se vostra madre cadde inferma nell'aprile, perché non chiedeste allora la piccola licenza?

- Le informazioni dei carabinieri non sono esatte, mia madre s'ammalò nel mese d'aprile, questo è vero, poi si riebbe e non fu più necessario che io accorressi al suo letto; sostengo che in giugno fece una ricaduta assai grave, assai pericolosa, e fu in giugno che nello spazio di una settimana ricevetti dalla famiglia parecchie lettere allarmanti. Non so come i Carabinieri persistano a negare un fatto notorio, che l'intera popolazione di Sant'Eufemia potrebbe confermare.

- Voi dunque dichiarate fermamente che nella notte dal 28 al 29 giugno non eravate a Napoli?

- L'ho sempre dichiarato fin dal mio primo interrogatorio: tutti mi hanno visto giungere a Sant'Eufemia il 19 mattina e ripartire il 4 luglio.

- Dov'eravate... - guardatemi bene in faccia - dov'eravate la famosa notte del furto?

- A Sant'Eufemia.

- Pare di no!

- I testimoni lo affermeranno.

- Altri testimoni diranno invece il contrario.

- Uno solo! E ho fiducia di convincere il Tribunale che costui mentisce.

- E se ce ne fossero degli altri?

- Nell'istruttoria non mi vennero contestati.

- Si farà il confronto all'udienza, a suo tempo.

- Non mi sembra regolare: prima che essi compariscano a deporre contro di me ho diritto di sapere chi essi siano e che cosa vengano a deporre.

- Va bene, prima che essi compariscano vi informerò circa le loro dichiarazioni. - Frattanto, secondo l'accusa, quale è la morale che scaturisce da questa vostra partenza, più o meno legittima, per Sant'Eufemia? che con un piano abilmente architettato voi abbiate saputo premeditare la consumazione del furto nelle sue varie modalità e stabilirvi l'alibi ad un tempo; sempre secondo l'accusa del Pubblico Ministero, voi avreste concepito l'idea madre e predisposto i mezzi che dovevano agevolarvi l'opera, sareste quindi partito colla vostra brava licenza in saccoccia e vi sareste fatto vedere in paese durante alcuni giorni, di nascosto sareste ripartito, tornato a Napoli di nascosto, fatto il colpo, tornato tranquillo a Sant'Eufemia.

- Il Pubblico Ministero non è infallibile, deve provare le sue asserzioni.

- Come voi dovete provare le vostre.

- Quelle del Pubblico Ministero sono congetture.

- Del resto, il momento scelto per svaligiare non solo la cassa corrente ma anche la cassa principale, che temporaneamente si era dovuta trasportare nello stesso locale per lunghi lavori di riattamento all'ufficio del capitano direttore dei conti, il momento non avrebbe potuto essere più opportuno, cioè sugli ultimi del mese, quando d'ordinario gli stipendi imminenti degli ufficiali e il saldo dei conti importano dalla Tesoreria una riscossione rilevante; anche questa circostanza era stata sapientemente preveduta; se fu magro il bottino dobbiamo credere che qualche santo abbia protetto l'Erario, facendo ritardare di ventiquattro ore il solito mandato del Ministero, di guisa che per una fortuita combinazione la cassa principale quella notte era completamente vuota e si ha motivo di credere che anch'essa sia stata aperta e visitata. Aggiungo che se il ladro fosse stato un individuo, anzi un ufficiale, presente al Corpo, costui avrebbe differito a sua volta di ventiquattro ore, ossia fin dopo la riscossione della forte somma che si doveva incassare da un momento all'altro.

- Bisognerebbe essere nella pelle del ladro per sapere se forse la prudenza non gli consigliava di pigliarsi soltanto un paio di mille lire invece di cinquanta o settantamila; chi lo sa? cinquanta o settanta mila lire ad una banca il ladro non può portarle, e deve nasconderle, e se capita una perquisizione e saltano fuori, come le giustifica?

- Lo schiarimento è più specioso che convincente; non importa, ammettiamolo pure e tiriamo innanzi. Voi dunque la notte dal 28 al 29 giugno eravate a Sant'Eufemia di Marmore negli Abruzzi: come va che la mattina del 29, festa di San Pietro, verso le cinque, foste visto alla stazione di Napoli dal soldato Cenatiempo?

- Nego recisamente d'essere stato visto dal soldato Cenatiempo.

- Egli dichiara d'avervi anche parlato.

- Non sa quel che si dice, avrà avuto una strana allucinazione, avrà parlato con un altro, oppure mentisce.

- Lo sosterrà qui, in vostro confronto.

- Seguiterà a mentire.

- Afferma d'avervi visto nell'atrio della stazione allo sportello dei biglietti, poi sotto la tettoia dove s'incontrò con voi faccia a faccia. - Bisogna notare che alle 5.40 parte da Napoli il treno omnibus per la linea Sulmona-Aquila. - Egli vi fece il saluto militare, voi passaste frettoloso senza rispondergli, poi, pentito, quasi subito vi voltaste indietro chiamandolo per nome, chiedendogli dove si recasse, e lo ammoniste di non rivelare ad anima viva d'avervi incontrato a Napoli quella mattina.

- È così grave quella dichiarazione del Cenatiempo e così contraria alla verità, che fin dal primo momento in cui mi venne affacciata dal capitano istruttore, pensai a tutta una macchina tenebrosa, a una cabala fabbricata per rovinarmi.

- Dal Cenatiempo?

- Non da lui ma da chi poteva trarne profitto e si servì e si serve del Cenatiempo come d'un burattino. Ho già detto in istruttoria e ripeto oggi al Tribunale e cento testimoni possono confermarlo, che in varie riprese il Cenatiempo fu punito da me per mancanze disciplinari, che una volta in seguito a mio rapporto si buscò quindici giorni di prigione di rigore e trenta di prigione semplice, che manifestò coi compagni la minaccia di vendicarsi; se in tutto il Reggimento c'era un uomo creato apposta per essere sobillato a farsi mio calunniatore, astuto, bugiardo, vendicativo, quest'uomo non poteva essere che il Cenatiempo; me ne appello ai motivi delle punizioni iscritte nel suo foglio matricolare.

- Dopo la deposizione, ne farò dar lettura in sua presenza.

- Si rifletta all'assurdità di quanto egli asserisce: io gli avrei ingiunto di non rivelare a chicchessia di avermi visto quella mattina a Napoli! Ma se realmente io mi fossi incontrato con lui, avrei spinto la mia dabbenaggine fino a metterlo sull'avviso, a suggerirgli il sospetto che io mi trovassi in contrabbando? - Dato l'astio che egli nutriva verso di me, proibirgli di riferire un fatto qualunque, proibirlo a lui, Cenatiempo, era lo stesso come essere sicuri che cinque minuti dopo l'avrebbe strombazzato all'universo.

- Può accadere che nell'orgasmo di trovarsi impensatamente tra i piedi un individuo compromettente, ci si appigli a una risoluzione subitanea, irrimediabile, che il raziocinio più elementare avrebbe sconsigliato.

- E ci dirà, il soldato Cenatiempo, quando verrà qui a deporre, ci dirà perché attese quindici o venti giorni...

- Questo ve lo dirò io fin d'ora: sia che non ci abbia più pensato, sia che abbia tenuto conto del vostro divieto, fatto sta che durante una ventina di giorni non parlò mai d'avervi visto; quand'è che gli sfuggì un accenno sull'incontro del 29 giugno? Per caso: nel regolare le sue indennità col furiere Bonalumi; e questi pretendendo che fosse partito in piccola licenza, il 30 anziché il 29, esso Cenatiempo invocò la vostra testimonianza, come l'unica che valesse a suffragare il suo asserto.

- È una versione stiracchiata e ad ogni modo non attesta troppo l'esattezza del furiere Bonalumi nella contabilità: che bisogno c'era d'una testimonianza verbale se esiste il registro apposito, dal quale risulta la data precisa, matematica, della partenza e del ritorno d'ogni soldato?

- Insomma, il Cenatiempo fu esplicito nelle sue dichiarazioni; vedremo tra poco se lo sarà altrettanto al dibattimento. - Ora che avete da obiettare al rapporto dei Carabinieri di Sant'Eufemia, i quali, in perlustrazione, il 27 giugno s'imbatterono con voi dopo il mezzodì, con voi che eravate in bicicletta e in abiti borghesi, sulla strada provinciale da Sant'Eufemia a Sulmona?

- Rammento benissimo, era il pomeriggio del 28, non del 27; non andavo a Sulmona, andavo alla stazione di Beffi ad attendere un amico mio.

- Pare che l'amico non ci fosse, poiché a Beffi non vi si vide né solo né in compagnia. Chi era quest'amico?

- Il principe di Caranello, volontario d'un anno in Piemonte Reale. Per lettera ero stato invitato a passare con lui due giorni di festa alla sua villa della Lattara. Egli doveva giungere da S. Maria di Capua; era a S. Maria di guarnigione; all'ultim'ora fu punito e non poté più partire; non vedendolo scendere a Beffi, com'eravamo rimasti d'accordo, tornai indietro, senz'altro.

- Siete ben sicuro che il vostro convegno a Beffi col Caranello fosse pel 28 o non piuttosto pel 27?

- Sicurissimo: s'interroghi il principe.

- Il principe venne interrogato, rammenta soltanto il progetto molto vago, ideato da voi, d'una scampagnata alla Lattara, progetto che poi non ebbe seguito, non sa più perché, e non è in grado di fornire schiarimenti precisi.

- Era il 28, venerdì, vigilia di due feste consecutive.

- Capisco come a voi giovi sostenere che si tratta del 28 e non del 27 perché se vi riesce dimostrarlo, precipita l'edifizio dell'accusa; infatti coll'orario alla mano, le coincidenze dei treni non permettono di toccar Napoli nella sera a chi non parte da Sulmona prima di mezzogiorno.

- Passando per Isernia, a qualunque ora si parta da Sulmona non si può giungere a Napoli che all'indomani.

- Si vede che l'orario delle ferrovie l'avete molto studiato. Nel loro rapporto i Carabinieri assicurano d'avervi incontrato lungo la strada provinciale venerdì 27; salta subito agli occhi un errore grossolano di calendario: quest'anno il 27 giugno cadeva in giovedì, non in venerdì; ma tale errore consiste nello specificare erroneamente il giorno della settimana ovvero il giorno del mese? In altri termini, scrivendo per un lapsus calami venerdì 27 giugno, intendevano di scrivere giovedì 27, oppure venerdì 28? Questo è l'enigma che essi stessi non sanno sciogliere, forse per dimenticanza, forse per una bizzarra associazione di idee, prodotta dal succedersi delle due feste.

- Suppongo che non sarà in base a un rapporto simile che il Tribunale mi condannerà.

- Comunque sia, è certo che partendo da Sulmona alle 15.16 per la linea d'Avezzano, si può essere a Roma la sera stessa alle 22.55, e bisogna credere che i Carabinieri di Sant'Eufemia abbiano errato nell'indicare il giorno della settimana e non quello del mese, cioè il 27, dappoiché il 28 mattino voi eravate a Roma.

- Chi lo dice?

- Dove e come abbiate passato la notte, per ora non si sa: la mattina del 28 eravate a Roma all'ufficio centrale del telegrafo e spediste un telegramma firmato Radamés.

- Chi lo dice? Sarebbero ancora i soliti Carabinieri di Sant'Eufemia che mi avrebbero visto a Roma?

- Che alcuno v'abbia visto, o per meglio dire v'abbia riconosciuto in quella circostanza, non risulta. Però, spedito il telegramma, dimenticaste un portasigarette d'argento, notissimo ai vostri amici, da una parte cesellato a geroglifici egiziani, recante dall'altra, sullo smalto, una testa di sfinge. Eccolo: lo riconoscete?

- Sì, è mio.

- Dunque ammettete...

- L'ho smarrito o mi venne rubato a Napoli, poco dopo il mio ritorno da Nocera alla sede del Reggimento.

- Insieme a una moltitudine d'altri oggetti furtivi fu rinvenuto in possesso d'un ladruncolo il quale dichiarò subito d'averlo trovato il giorno prima, cioè il 28 giugno, sul marmo d'uno degli sportelli nell'ufficio telegrafico in piazza San Silvestro.

- Il ladro ha mentito per ingannare la questura: io rammento perfettamente che la sparizione del mio portasigarette avvenne a Napoli e so d'essermene lagnato in quartiere coi miei colleghi...

- Fatalità vuole che niuno dei vostri colleghi se ne rammenti. Ad ogni modo più tardi li sentiremo e si vedrà se confermeranno in questo senso le loro deposizioni scritte. Andiamo avanti. Verificato il registro dei telegrammi, la coincidenza delle figure egiziane sul portasigarette dimenticato il giorno 28 e della firma Radamés dava a presumere che il ladro non avesse mentito, ma la Questura credette invece d'essere sulle tracce d'un furto cospicuo perpetrato allora allora in danno d'un gioielliere romano, lasciò trascorrere parecchie settimane prima di occuparsi del cosidetto Radamés...

- ... che non ero io!

- ... del cosidetto Radamés, cercando e interrogando subito, com'era ovvio e naturale, la persona alla quale, qui in Napoli, il telegramma era stato diretto, una certa Rosa Di Crescenzio, Santa Maria Egiziaca a Pizzofalcone; nel frattempo costei era sparita dal domicilio indicato e tuttora si mantiene irreperibile.

- Volete dire qualche cosa?

- ... Nossignore.

- Telegramma innocuo apparentemente. Eccolo «Tortora mi aspetti oggi senza fallo. Radamés». Nient'altro. Telegramma innocuo e sibillino ad un tempo. Vedremo forse, andando avanti, se Tortora aveva il significato d'un nomignolo affettuoso, era un nome convenzionale oppure un nome vero. Frattanto, nessun dubbio che Rosa Di Crescenzio fosse un personaggio vivo e reale, ma un personaggio interposto, molto servizievole, a cui spettasse il compito di recapitare ad altri, che dovevano per prudenza rimanere nell'ombra, certe corrispondenze epistolari o telegrafiche, con una data firma, troppo pericolose; quindi non è da far meraviglia che Radamés, impensierito dall'imperdonabile dimenticanza del portasigarette, si sia affrettato a trovare alla Di Crescenzio un nuovo domicilio, dove non seppero scovarla né allora né poi le più rigorose indagini.

- Ciò non mi riguarda. Ripeto che Radamés non sono io, dichiaro che di tutto questo viluppo di Tortora e Di Crescenzio non so nulla affatto e i Tortora e i Di Crescenzio in Napoli si contano a centinaia.

- Va bene. Non ignorate come un impiegato della questura di Roma, gran dilettante di rebus, abbia scoperto nei geroglifici del portasigarette il vostro nome coll'indicazione del Reggimento...

- Facile scoperta.

- ... e come il vostro colonnello, avuto l'oggetto tra le mani, già grandemente scosso dalle rivelazioni del Cenatiempo e da altri indizi, non abbia più dubitato... o almeno abbia avuto una maggiore conferma dei suoi sospetti.

- Signor Presidente, poiché il soldato Cenatiempo torna in ballo, la prego fin d'ora, per non dimenticarmene, di domandargli, quando sarà interrogato, se alla stazione di Napoli egli mi vide vestito in tenuta militare o in abiti borghesi.

- Si domanderà. Egli afferma nel suo interrogatorio scritto che eravate in piccola tenuta, cioè in berretto, e senza sciabola.

- Ai signori giudici non sarà sfuggito che i Carabinieri di Sant'Eufemia dichiararono invece nel loro rapporto d'essersi imbattuti con me, lungo la strada di Sulmona, che ero in bicicletta e in borghese. La contraddizione è patente: quand'è che avrei potuto mutarmi d'abiti? Portavo forse con me una valigia? In bicicletta, una valigia!?

- Anche questa è una circostanza importante che vedremo se sarà possibile dilucidare esaminando i testi. Non so se la contraddizione sia davvero così patente come voi dite, perocché nulla ci impedisce di supporre, almeno allo stato attuale delle cose, che a Napoli abbiate lasciato in qualche vostro sito familiare - presso il Tortora, per esempio - una tenuta di ricambio prima di partire per goder la licenza. È manifesto che al ladro conveniva usar la divisa non tanto per introdursi in caserma poiché si era proposto di saltare il muro, quanto per ovviare a qualunque incontro fortuito sotto il porticato. - Ed ora spiegatemi come mai nei quattro ultimi giorni di giugno tutti i vostri amici e conoscenti di Sant'Eufemia abbiano notato la vostra improvvisa scomparsa dal paese.

- In ogni caso sarebbero non gli ultimi quattro, ma gli ultimi tre, ossia il 28 - quando mi recai a Beffi in bicicletta e i Carabinieri ebbero con me quel famoso incontro - il 29 e il 30; la spiegazione è presto data: nel tornare in paese, dopo andata a monte la scampagnata col principe di Caranello, disgrazia volle che correndo a tutta forza giù per la discesa del Gigante, manovrando per schivare un fanciullo immobile nel mezzo della strada, lo sterzo mi tradisse e andassi a pigliar d'assalto un mucchio di pietre, con tale violenza...

- ... da rotolar per terra voi e la bicicletta, non è vero? da riportarne delle contusioni, delle escoriazioni... insomma delle ferite non gravissime, ma abbastanza serie per impedir d'uscir di casa durante tre o quattro giorni. Va bene. Chiamaste un medico?

- Non ne valeva la pena.

- Ecco una trascuranza della quale dovrete certo pentirvi: se un medico fosse venuto a visitarvi, avreste oggi per voi e per l'alibi che invocate il più formidabile dei testimoni.

- Se possedessi il dono di prevedere gli avvenimenti, signor colonnello, non sarei un semplice sergente di cavalleria, ridotto su questo banco a lottare disperatamente, come può lottare un uomo aggredito dal destino, che difende la propria vita!

- È strano che nessuno, proprio nessuno dei vostri conoscenti sia entrato in casa vostra, e che le persone di servizio, per quanto disposte in vostro favore, circa questo particolare sieno tutte d'una memoria imperfettissima.

- Anche l'inverosimile è vero molte volte.

- Passiamo ad altre circostanze, ricapitolate come indizi nell'atto d'accusa, che avrebbero preceduto la vostra partenza da Napoli. È vero che una domenica, all'ora della libera uscita, foste scoperto dal piantone Sinopoli nell'ufficio di Maggiorità, a mettere olio in una vecchia lucerna fuori d'uso, abbandonata nel ripostiglio?

- È vero.

- Sapete che questa lucerna fu trovata sulla cassaforte la mattina del 29 giugno? Evidentemente aveva rischiarato l'opera dei ladri e non è presumibile che i ladri si fossero indugiati a fornirla dell'occorrente quella stessa notte.

- Io so che qualche volta mi occorreva di lavorare di nottetempo per certi miei studi letterarii o di scienze sociali, e d'ordine del signor colonnello il contatore del gaz chiudendosi tutte le sere, dovevo servirmi d'una lampada a petrolio, e pensai di tener pronta la lucerna pel caso che alla lampada scoppiasse il vetro.

- Lavoravate in Maggiorità?

- Me l'aveva concesso il furiere Bonalumi, però, uscendo dall'ufficio, ero obbligato di svegliare il piantone e consegnargli la chiave.

- Sempre?

- Sempre.

- Sapete che il ripostiglio della Maggiorità è soprastante al bugigattolo attiguo alla sala di scherma?

- L'ho imparato dall'atto d'accusa.

- Vuol dire che avete sempre ignorato l'esistenza d'una botola nel pavimento del ripostiglio?

- L'ignoravo io, come suppongo che l'ignorassero quasi tutti gli ufficiali e quasi tutti i sottufficiali e soldati.

- Quasi? Perché non tutti?

- Se taluno seppe giovarsene, è chiaro che la conosceva.

- Foste voi che dal ripostiglio faceste trasportare abbasso nel bugigattolo due cassoni vuoti?

- Nossignore.

- Mediante tale trasporto chi l'ordinò ottenne doppio scopo: quello di sgomberare il ripostiglio in guisa che di sotto si potesse agevolmente sollevare la botola, e quello di prepararsi nel bugigattolo un sufficiente rialzo per giungere al soffitto.

- Ne convengo, ma io non so nulla.

- Badate: il trasporto venne eseguito pochi giorni prima della vostra partenza.

- Non è una ragione perché si ritenga che l'abbia ordinato io.

- Dal primo all'ultimo tutti quanti i graduati del Reggimento negano d'aver dato quest'ordine.

- Se tutti negano e nego io pure, perché debbono essere creduti tutti gli altri ed io no? Dove sono i soldati che hanno fatto il trasporto? Vengano, ci dicano da chi hanno ricevuto l'ordine.

- Sapete benissimo, e ve ne approfittate, che col congedamento della classe avvenuto in settembre, dispersi i soldati, un'indagine a questo riguardo sarebbe stata impossibile. Tuttavia c'è ancora il caporal maggiore Criscuolo che si rammenta d'avere assistito all'operazione del trasporto, non sa indicare gli uomini comandati a quel servizio, ma afferma in modo positivo che voi eravate presente.

- Può darsi: con altri miei colleghi mi sarò trovato a quell'ora nella sala di scherma, forse mi sarò anche avvicinato al bugigattolo per curiosità; non mi rammento affatto.

- Il tenente contabile signor Pasquiroli dov'era solito tenere la chiave principale della cassaforte nelle ore in cui gli era affidata?

- Non lo so: ce lo dirà lui.

- Lo dirà lui. L'accusa sostiene che voi abbiate avuto agio molte volte, trovandovi solo in ufficio, di frugare nelle tasche della sua giacca appesa al muro e asportarne la chiave, o almeno trarne l'impronta sulla cera. È notorio che in opposizione ai regolamenti, per lo più la cassa era chiusa con una sola chiave.

- Tutte le supposizioni più temerarie, più assurde, sono lecite all'accusa.

- Non frequentavate qui a Napoli il negozio di ferramenta e d'armaiuolo del signor Blunn a Monte Oliveto?

Acquistai in quel negozio un paio o due di speroni fuori d'ordinanza e delle cartucce a percussione centrale, modello Walsrode, pel mio fucile da caccia.

- Nient'altro?

- Nient'altro, ch'io sappia.

- Nelle ore d'uscita libera andavate spesso a sedervi dal signor Blunn come noi si andrebbe al caffè: non potete negarlo.

- Non lo nego: sono appassionato per le armi portatili, amo tenermi al corrente delle novità, ero in buona relazione col primo commesso della casa Blunn, niente di più naturale che di quando in quando mi recassi da lui, come da un amico, a far quattro chiacchiere di sport e a vedere gli ultimi arrivi dalla Germania o dall'Inghilterra. Non avrei mai creduto che tutti i miei passi fossero spiati fino a questo punto.

- Furono inquisite le vostre abitudini quando i sospetti cominciarono ad aggravarsi su di voi; prima, a nessuno venne mai in mente di spiarvi nelle ore di libertà. - Pensateci bene: dal negozio Blunn non faceste acquisto d'utensili e istrumenti meccanici, come sarebbero lime di varia forma, punzoni, trapani, morse, e via discorrendo?

- Il Commesso del signor Blunn lo asserisce?

- Non occupatevi del commesso; francamente: sì o no?

- Sì. Sì.

- Perché avete negato poco fa?

- Perché a tutta prima non me ne ricordavo. Ella mi incalza di domande, signor Presidente: la mia memoria come può essere così limpida, massime nell'orgasmo in cui mi trovo, da farmi rivedere in uno specchio, minuto per minuto, tutte quante le azioni della mia vita? In epoche diverse dovetti provvedermi d'utensili per le riparazioni occorrenti alla bicicletta: dove? quando? indicate con precisione matematica il giorno e l'ora, il negozio, la fabbrica, la via, le persone... - e guai se mi sfugge un particolare o mi attardo nell'esame di coscienza!

- Dove sono attualmente questi utensili?

- In casa di mio padre, a Sant'Eufemia.

- L'autorità giudiziaria non li ha trovati.

- Non avrà saputo cercarli.

- O forse, per evitare il rischio della perquisizione e del sequestro, la prudenza vi consigliò di farli sparire.

- L'avrei fatto senza dubbio, sapendomi reo; poiché sono innocente, ho un motivo di più per imprecare al destino che converte a mio danno le minime circostanze e accumula sul mio capo tutta un'apparenza d'indizi. Il giudice istruttore non mi ha interrogato mai circa questi istrumenti; perché? Forse per cogliermi in fallo davanti al Tribunale e davanti al pubblico? Egli, che dal commesso del signor Blunn già sapeva, che preparava la perquisizione e il sequestro, se me ne avesse parlato avrebbe ottenuto da me utili indicazioni. Ritorni a Sant'Eufemia l'autorità giudiziaria e cerchi meglio e troverà; a meno che taluno della mia famiglia, a mia insaputa...

- Una perizia avrebbe potuto stabilire se di cotesti istrumenti alcuni erano idonei a scassinare la serratura dello scrittoio e anche quella della cassa, nel caso disperato che non si fosse potuto aprirla con falsa chiave, altri a modificare i congegni di qualche chiave analoga alla vera - quella cioè che servì ad aprire la cassa - ma la perizia, pure pronunziandosi in senso affermativo come ritengo, non ci avrebbe mai fatto uscire dal campo delle congetture. L'importante per noi era di udire la vostra risposta.

- Mi pare d'averla data esplicita.

- Dopo aver negato.

- I signori giudici hanno inteso la spiegazione ovvia del mio diniego non volontario: giudicheranno.

- Intanto è bene che i signori giudici sappiano altresì come la ditta Blunn rappresenti a Napoli la casa Jefferson di New York, fabbricante di casseforti, e come voi, durante le lunghe stazioni nel negozio, abbiate avuto opportunità di farvi spiegare, tra una chiacchiera e l'altra, a titolo di semplice dilettante, i meccanismi complicati e i segreti delle casseforti in genere, e specialmente di coteste americane.

- Avendo concorso, sebbene con poca speranza, all'Esattoria del Comune di Sulmona, mio padre avrebbe dovuto provvedersi d'una cassaforte e mi incaricò ad ogni buon fine, poiché mi trovavo a Napoli, di raccogliere notizie circa i prezzi e le marche più riputate: si capisce che le prime informazioni io le abbia attinte nel negozio che avevo l'abitudine di frequentare.

- Le due casse del vostro Reggimento portano la marca Jefferson!

- L'ho saputo dall'ufficiale istruttore.

- Ultima contestazione: assai prima della vostra licenza, vale a dire nel maggio, il colonnello vi chiamò, vi fece vedere parecchi reclami di gente che avanzava denaro da voi, per somministrazioni varie d'oggetti... di lusso e per amichevoli imprestiti.

- Amichevoli... purché fossero saldati!

- Prometteste di scrivere alla vostra famiglia, ritengo che non abbiate scritto, ad ogni modo la risposta non fu comunicata, e dopo nuove rimostranze e nuove sollecitazioni, il colonnello si vide nella dolorosa necessità di scrivere lui a vostro padre.

- Eravamo già nel mese di giugno. Il signor colonnello mi mostrò la lettera che egli intendeva di spedire a mio padre, lettera brusca, minacciosa, che sarebbe stata causa d'infinite amarezze; lo pregai di soprassedere, supplicandolo di concedermi una breve licenza, promettendogli che a qualunque costo sarei tornato a Napoli in grado di soddisfare i creditori principali; il signor colonnello mi rifiutò la licenza e mi ordinò alla sala.

- Ed ecco comparire le lettere annunzianti la malattia gravissima di vostra madre. Partiste. Che è che non è, al vostro ritorno una parte dei debiti fu immediatamente estinta.

- L'avevo promesso.

- Per non parlar dei minori, il solo orefice Amalfitano, al Largo della Carità, ebbe da voi oltre mille-cinquecento lire; altre mille furono riscosse da un certo don Nicola Capece...

- Milleduecento.

- Meglio. E i fondi?

- Esposi a mio padre la critica situazione in cui mi ero messo per la seconda volta... impetrai perdono... giunsi a manifestare il proposito di farmi saltare le cervella anziché tornare al Reggimento a mani vuote dopo tante promesse...

- E otteneste la somma che vi occorreva?

- Non interamente; supplirono le mie sorelle coi loro risparmi.

- All'infuori dei componenti la vostra famiglia che la legge non consente d'interrogare, sapreste addurre qualche testimonio?

- Ho indicato diverse persone di servizio, uomini e donne, che vivono in casa nostra.

- Le stesse che dovranno dirci a suo tempo se eravate a Sant'Eufemia gli ultimi quattro giorni di giugno. Tolto il caso che mutino al dibattimento le loro deposizioni, costoro hanno assistito a scene domestiche poco edificanti cagionate dalle vostre insistenti richieste di denaro, ma sul fatto d'esser voi riuscito a raggranellare una somma considerevole, purtroppo ne sanno meno di noi.

- Anche da mia madre ebbi qualche centinaio di lire; potrà attestarlo la cameriera Agata De Liberis.

- Infatti lo attesta, ma siamo ancora lontani dalla cifra totale dei debiti saldati al vostro ritorno. Frattanto, come conciliate la munificenza ottenuta da vostro padre colla lettera pietosissima che egli scrisse al colonnello in risposta alla sua?

- La lettera fu scritta sui primi di giugno.

- Come conciliate l'abbattimento d'un uomo sotto il peso della sventura, d'un uomo che mette a nudo la sua povertà fino allora gelosamente mascherata, lo sfacelo della casa per innumerevoli dissesti, e singhiozza e chiede misericordia per sé e per suo figlio, promettendo di pagare dopo il raccolto del frumento - come conciliate questa lettera, ripeto, coll'improvvisa somministrazione di fondi?

- Dai primi di giugno ai primi di luglio corre un mese: in un mese di tempo, un proprietario come mio padre, al quale non è mai mancato il credito nelle province dei tre Abruzzi, trova sempre poche migliaia di lire per soccorrere suo figlio.

- Un proprietario trova talvolta le centomila lire e non sa a chi rivolgersi per averne mille. A mio avviso, se egli avesse avuto, non dico la certezza né la speranza, ma un barlume di probabilità, non avrebbe mai scritto al colonnello nei termini in cui scrisse. - Passiamo oltre. L'orefice Amalfitano ebbe a minacciarvi d'una querela per truffa?

- Dopo il mio ritorno da casa?

- Prima della vostra partenza.

- Minacce puerili che certi negozianti fanno spesso ai figli di famiglia, come le fanno anche gli strozzini, per atterrire i debitori e indurli più presto al pagamento.

- Si trattava di gioielli acquistati da voi a credito e rivenduti immediatamente a un prezzo derisorio. Puerile o no, la minaccia dell'Amalfitano fu assai più persuasiva della paternale del colonnello: prova ne è che conseguì il suo effetto, come, del resto, anche don Nicola Capece vi strinse tra l'uscio e il muro, mostrandovi diversi foglietti cambiari, sui quali la firma d'un avallante non era precisamente scritta dalla persona indicata.

- Caddi nelle unghie d'una baraonda di farabutti, la mia buona fede venne sorpresa a tradimento!

- Calmatevi, non siete chiamato qui a rispondere del reato di falso.

- ... e il Tribunale non imparerà certo da me come moltissime volte le firme false sulle cambiali sieno volute o soggerite a furia d'artifizi dagli stessi strozzini per avere nelle mani un'arma terribile contro il debitore!

- Terribile, è vero: tanto terribile che per parare il colpo non vi restava altro mezzo se non quello di gettare l'offa nelle canne del cerbero, a costo di qualunque sacrificio, di qualunque umiliazione, di qualunque temerità!

- Un uomo d'onore paga sempre, a qualunque costo.

- Avete altro da aggiungere?

- Aggiungo che pagate a don Nicola Capece milleduecento lire, sono tuttavia in debito con lui di altre tremilasettecento e in denaro sonante non arrivai a riscuoterne duemila.

- Avete altro da aggiungere?

- Non ho altro.

- I signori giudici hanno domande da rivolgere all'accusato? Nessuna? Va bene. Si avvertano i testimoni: l'udienza è rinviata a domani mattina.

- Sergente Faraone, dopo le arringhe del Pubblico Ministero e del difensore, la legge vi concede ultimo la parola.

- Grazie.

- Rinunciate?

- Rendo grazie alla legge che mi offre il mezzo d'afferrarmi a un'ultima tavola di salvamento e supplico il Tribunale di non ascrivermi a colpa se rimasi fino a questo punto nell'incertezza angosciosa d'approfittarne.

- Dite pure.

- Non so troppo come incominciare. Prima di tutto vorrei che non mi si accusasse d'aver fatto perdere al Tribunale un tempo prezioso, d'aver sciupato in gran parte l'eloquenza del Pubblico Ministero e la generosa difesa del mio avvocato; giuro che se rimasi perplesso fino ad ora, una battaglia terribile si è combattuta nell'animo mio dacché cominciò il mio interrogatorio... cinque giorni interi, cinque giorni e quattro notti di spasimi, di paure, d'ondeggiamenti, senza sapermi risolvere... illudendomi, sperando sempre in un avvenimento nuovo, in un miracolo, che mi liberasse dalla più mortificante delle confessioni!...

- Voi dunque confessate?

- ... Ancora adesso, un minuto fa, quando il signor Presidente mi dava la parola, fui sul punto di non accettarla, e qualunque fosse stato il destino che mi attende, portare con me il mio segreto; ripetevo a me stesso: che serve? I giudici non ti crederanno e per dippiù, oltre essere bugiardo, sarai anche vile ai loro occhi! Vile, come lo sei ai tuoi occhi in questo momento!

- Perché vile? Fatevi coraggio, non lasciatevi abbattere: la confessione non è mai una viltà, nemmeno quando è suggerita dalla paura; può essere un eroismo talvolta, può essere un segno di pentimento e di redenzione.

- Ho tutta la mia vita da redimere, signor colonnello, breve d'anni, troppo lunga d'errori, e se bastasse la confessione a redimerla, quasi per intero lei me l'ha già strappata dall'anima la confessione, signor Presidente! - Ma non si tratta di ciò: son vile perché dopo tante oscillanze tra la voce dello spirito e le tentazioni della carne, ho finito per cedere alla carne, alla carne inferma, alla carne miserabile che ha paura! Son vile, perché sarei ancora in tempo a tornare indietro se volessi, e non ne ho più il coraggio!

- Calmatevi. Volete che io sospenda l'udienza per pochi minuti? Potrete ripigliare la vostra difesa quando sarete più tranquillo.

- È inutile. - Signori del Tribunale, ora la carta è gettata. Ebbene, sì: ho mentito! sfacciatamente, ribellandomi a tutti i testimoni, a tutte le prove che sorgevano contro di me da ogni parte. Finché si trattava dei Carabinieri che mi avevano incontrato sulla strada di Sulmona o del mio portasigarette rinvenuto a Roma nell'ufficio telegrafico, anche del soldato Cenatiempo che giurava d'avermi visto, d'aver parlato con me la mattina del 29 alla stazione di Napoli, avevo tanto in mano da difendermi, da infirmare queste testimonianze, per lo meno da avvolgerle in una nebbia di sospetto che mi sarebbe stata favorevole, ma quando comparvero nuovi testimoni in virtù del potere discrezionale, scovati dalla sagacia del Presidente, e costoro; come la signorina Ada Mesener canzonettista e la sua cameriera, confermarono il mio passaggio per Roma, ovvero come i conniugi Tortora negarono dapprima e poi ammisero d'avermi ospitato qui in Napoli, nella casa loro, il 28 giugno, dopo essere stati avvisati dalla Di Crescenzio del mio arrivo, allora ogni resistenza da parte mia diveniva impossibile e assurda, eppure seguitai a negare colla persistenza insensata di chi affoga e si attacca agli specchi o ai rasoi e protestai sempre più, accusando di falso i testimoni, di non esser venuto a Napoli durante la licenza, perché tale era il mio dovere, perché mantenevo un segreto che non è mio, e se fossi un galantuomo e un gentiluomo, a rischio d'essere condannato a dieci, a vent'anni di reclusione, all'ergastolo, alla forca, dovrei seguitare a negare!

Ebbene, ammetto d'essere partito da Sant'Eufemia il 27 giugno in bicicletta e da Sulmona in ferrovia per la linea d'Avezzano, d'aver toccato Roma dove per poche ore ebbi ospitalità dalla Mesener, d'essere arrivato a Napoli il 28 nel pomeriggio recandomi in casa dei coniugi Tortora presso i quali avevo lasciato in custodia i miei abiti militari, d'esserne ripartito all'alba del 29 e d'essermi incontrato quella mattina col soldato Cenatiempo. Il destino che per mia maledizione mi perseguita dal giorno in cui venni al mondo, il destino, tragico nei suoi scherzi scellerati, volle che la stessa notte dal 28 al 29 si perpetrasse il furto nella Caserma del mio Reggimento, accumulò sul mio capo tutta la varietà degli indizi perché fossi ritenuto io l'autore del misfatto. Ebbene: di questi indizi, qual è il maggiore, il più grave, l'unico veramente che si possa chiamare indizio? La mia venuta a Napoli. Ebbene: son venuto a Napoli, lo ammetto, lo confesso, lo dichiaro ad alta voce, me ne vanto se vi fa piacere; il Pubblico Ministero ha stabilito su questo punto la sua piattaforma, il difensore ha adoperato per combatterlo e annientarlo tutti gli argomenti erculei del suo ingegno; tempo perso e fatica sprecata; son venuto! condannatemi, sopra questo miserabile indizio!

Mi credano i signori giudici o non mi credano, rida o non rida il signor avvocato fiscale, certo è che, a voce, qualunque spiegazione mi si domandi, io non la darò. Indovinate. - Ho spedito da Roma un telegramma firmato Radamés a una Rosa Di Crescenzio, e poiché dovevo di necessità adoperare un nome convenzionale per tenermi celato, mi giovai della Di Crescenzio per due motivi: primo, perché i coniugi Tortora la Erma Radamés non l'avrebbero compresa e assolutamente mi occorreva che in occasione delle due feste non si recassero in campagna, dovendo vestire la divisa che tenevano in casa loro; secondo, perché la Di Crescenzio avrebbe saputo tra le righe del mio telegramma leggere ciò che non era affatto specificato, e quindi informare del mio arrivo un'altra persona, la quale mi aspettava sempre con desiderio, ma non sempre aveva la libertà del suo tempo e delle sue azioni.

- Questa persona, suppongo, non intendete nominarla?

- ... Non la nomino.

- Che necessità vi spingeva a mutare i vostri abiti borghesi in quelli di divisa, allorquando in simili avventure la più grossolana prudenza vi avrebbe soggerito il contrario?

- Gli abiti borghesi che indossavo erano ridotti in uno stato miserando, addirittura indecenti, per essere caduto di bicicletta lungo la strada, come mi pare d'aver detto nel mio interrogatorio, e non avevo con me sufficiente denaro per procurarmene dei nuovi.

- Che avvenne della Rosa Di Crescenzio?

- Lo ignoro.

- La Questura ne ha perso le tracce, affermano i coniugi Tortora d'aver inteso vociferare che fino dallo scorso autunno, o anche prima, si sia imbarcata per l'Argentina.

- Lo ignoro.

- Pare che non avesse famiglia e vivesse di piccoli espedienti, più o meno fruttiferi in patria, ma certo non troppo lusinghieri né troppo facili per una donna già anziana che si trova ad un tratto sbalestrata in un paese dove non conosce né la lingua né gli usi. Ad ogni modo, è scomparsa. Come spiegate questa sparizione?

- Sono in carcere da molti mesi, l'ho ignorato fino a questi ultimi giorni e non so spiegarla neppur io.

- Neppur voi... non ostante la consuetudine dei segreti servigi che la Di Crescenzio vi prestava? Non ostante la reciproca intrinsichezza dei vostri rapporti?

- Così è, signor Presidente, e niuno più di me deplora una tale scomparsa, poiché la testimonianza della Di Crescenzio ora ridonderebbe tutta a mio vantaggio, confermando la giustificazione della mia venuta a Napoli.

- Avete altro da aggiungere?

- Ho da aggiungere che il Tribunale non potrà non tener conto della lotta acerrima che mi toccò sostenere in questi giorni di dibattimento, solo per non mancare al primo dovere d'un gentiluomo, perché non si dicesse che ridotto agli estremi, serrato dall'accusa in un cerchio di ferro, tentavo la mia salvezza inventando qui su due piedi un capitolo di romanzo sentimentale e misterioso. Ho da aggiungere che nessuna umiliazione mi venne risparmiata, ed io non proferii verbo e non mossi lamento, nessuna umiliazione - a fin di bene, non ne dubito, nell'interesse della giustizia, ma non per questo meno dolorosa - cominciando dalla pubblica esposizione della mia vita intima, delle mie miserande avventure, dei miei falli, dei miei rimorsi, delle mie ricadute; chi siede su questo banco taccia e sopporti, pianga e non invochi diritti: diritti non esistono per lui, tanto è vero che fin dal primo giorno, al mio avvocato difensore, il quale si meravigliava che il signor Presidente mi interrogasse usando il voi invece del lei come è prescritto pei sottufficiali, rivolsi preghiera di non darsene per inteso e lasciasse correre. Non è una protesta che io faccio, lo creda il signor Presidente, non è neppure una lagnanza diretta a lui o al suo metodo d'interrogare, ho voluto addurre semplicemente un esempio... senz'ombra di atteggiarmi a vittima e senza risentimento, lo dichiaro ad alta voce. - Ho da aggiungere infine che se il Tribunale non fosse ancora persuaso circa i motivi che originarono il mio viaggio clandestino, posseggo i documenti irrefragabili di quanto asserisco. Eccoli. Non dispiaccia al signor avvocato fiscale, mi riuscì di sottrarli a tutte le perquisizioni, di eludere la continua vigilanza esercitata in carcere sulla mia persona, avendo avuto tempo, quand'ero alla sala prima che fosse spiccato il mandato d'arresto, di cucirli dentro la fodera del pastrano. Eccoli: affido questa busta al signor Presidente e alla sua lealtà: non l'apra ora, aspetti ad aprirla in camera di consiglio, lo supplico.

- Un momento: che documenti sono?

- Mi si dispensi dal dirlo: certo non sono tali da leggersi in pubblica udienza e il Presidente comprenderà tra qualche minuto perché fino all'ultimo io abbia resistito, lottando con tutte le mie forze, alla tentazione di produrli.

- Non posso accettarli se non nelle forme e nei modi voluti dalla legge; il Pubblico Ministero ha il diritto di conoscerli e prima ancora che egli affermi cotesto diritto, io debbo assolutamente rifiutarmi a una violazione di legge così patente e manifesta come sarebbe quella d'introdurre in camera di consiglio alcuni documenti nuovi, dei quali non solo non sia stata data lettura in udienza, ma dei quali si sia impedito il Pubblico Ministero di prender visione. Segretario, favorisca...

- Mi oppongo alla lettura... mi oppongo con tutte le forze dell'anima mia... mi oppongo in nome di una donna, la cui mem... ossia, la cui riputazione rimarrebbe vituperata, in nome di quel sentimento cavalleresco che i miei giudici non vorranno mai soffocare nell'animo loro di soldati...

- Era da prevedersi che agli atti del processo una pagina di romanzo sarebbe stata aggiunta infallibilmente. Se vi opponete alla lettura di coteste carte, perché le avete presentate?

- Ignoravo che non fosse permesso al Tribunale di esaminarle in via riservatissima, quasi sotto il sigillo della confessione. Supplico il mio avvocato difensore, supplico lo stesso rappresentante della legge, di unirsi a me e impedire la propalazione d'un segreto che in un momento d'oblio ho affidato, agguantandomi a un'ultima tavola di salvezza, alla coscienza, all'onore, alla generosità dei miei giudici, non alla curiosità della folla.

- Sta bene: poiché, come dite, il carattere intimo dei documenti prodotti non consente che sieno letti in pubblico, ordino che si proceda a porte chiuse per ragione di moralità. Il signor avvocato fiscale è del mio avviso? L'egregio difensore crede di sollevare un'eccezione in proposito? No? sta bene. Usciere, faccia sgomberare la sala.

- Preferisco ritirarli e distruggerli... distruggerli in questo momento e con le mie mani, anziché...

- Ormai sono acquisiti al processo.

- Signor Presidente, per l'ultima volta la scongiuro... - non è una minaccia, Dio me ne guardi, è una preghiera, una preghiera ultima - la scongiuro di considerare l'incidente come non avvenuto e restituirmi quelle carte!

- Non è in mia facoltà. Se ora vi pentite d'un atto inconsulto, la vostra resipiscenza giunge troppo tardi. - Sono usciti tutti dalla sala?

- Dio mi è testimonio che ho fatto quanto stava in me per evitare dolorose conseguenze!

- Quali conseguenze? Che intendete dire? Spiegatevi: quali conseguenze?

- Non so nulla, non insisto più. Il signor Presidente dia un'occhiata al primo foglio e veda se anche a porte chiuse certi segreti possano essere manifestati.

- E non era vostra intenzione che cotesti segreti noi li imparassimo in camera di consiglio?

- Io non sarei stato presente.

- Avreste rossore... o paura? Finiamola. Apro io la busta e leggerò io medesimo. Per contentarvi in parte, chiedo facoltà al Tribunale, al Pubblico Ministero e alla difesa di omettere i nomi di persone estranee al processo, se questi non sono assolutamente necessari allo scoprimento della verità e se temete che la loro divulgazione, anche fra noi soli che abbiamo l'obbligo morale del segreto, possa nuocere all'onore... di qualcheduno.

«. . . . .
. . . .
. . . .
. . . .»

- ... Usciere, favorisca un bicchier d'acqua.

Credo d'avere a sufficienza interpretato i vostri desideri, non lasciando neppur lontanamente trapelare il nome e la condizione della persona che ha scritto queste lettere. Senza dubbio il tribunale ne terrà conto. Non capisco però come mai, sergente Faraone, abbiate voluto dare tanta importanza a un carteggio... erotico fin troppo, il quale se conferma la vostra fama di un Don Giovanni fortunato e se basta a compromettere irreparabilmente una donna, non solo non rischiara il mistero, ma coll'accusa che vi è mossa non ha alcuna relazione diretta né indiretta. - Frattanto io risuggello la busta con le debite forme. Accusato, avete più nulla da dire?

- Nulla.

- Il dibattimento è chiuso. Il Tribunale si ritira per deliberare.

- Signori giudici, qui in camera di consiglio, nel segreto delle nostre deliberazioni, non dirò una parola che possa menomamente far pendere il vostro voto da una parte piuttosto che dall'altra della bilancia; mi asterrò anche nel modo più rigoroso dal manifestare la mia opinione, nel mentre voi sarete liberi di discutere e comunicarvi a vicenda le impressioni avute nel corso del dibattimento. Però, prima di entrare nel merito, prima ancora di interrogare la vostra coscienza e ponderare il vostro voto, concedetemi una facoltà, la maggiore forse che sia mai stata chiesta da un presidente, a malgrado di tutti i suoi poteri discrezionali.

Taluno di voi ha manifestato il desiderio d'avere ancora una volta sotto gli occhi le carte che il sergente Faraone produsse all'ultimo momento e che da me furono lette in udienza: permettetemi di non accondiscendere. Non dubito della lealtà vostra e della vostra discrezione, ma a qual pro' rimescolare le turpitudini che già conosciamo per averle intese pochi momenti sono? Pensandoci, approverete la mia condotta. L'audizione di alcune lettere, di alcuni telegrammi ci ha abbastanza edificati sui rapporti intimi d'amicizia tra una signora maritata e il sergente Faraone; quanto al ritratto in fotografia unito alle lettere e che esuberantemente conferma tali rapporti, mi sia lecito lasciarlo dormire nella busta risuggellata, lasciarlo nelle tenebre per quelle stesse ragioni di prudenza elementare che mi consigliarono di tacere non soltanto i nomi ma altresì tutte quelle indicazioni che a certi zelanti o dilettanti avrebbero offerto un appiglio per costruire almanacchi.

Ora, ciò che importa è questo: dalla lettura dei documenti in parola possiamo dedurre che per amore e invito d'una donna il sergente Faraone sia venuto a Napoli in modo così clandestino? Noi giudici, abbiamo la prova dell'alibi nella notte dal 28 al 29 giugno? In altri termini, l'affermazione indubitabile dell'adulterio ci può convincere che precisamente quella notte l'adulterio sia stato consumato, nel mentre in caserma si perpetuava il furto?

Altro problema da sciogliere: fu buona arte di difesa, quella usata dal Faraone? Era schietto il suo rammarico, sincera la sua perplessità nel voler dire e non dire, legittimo il suo rimorso nel vedersi coatto dall'istinto di salvazione a rivelare il più geloso e il più caro dei segreti per un galantuomo - galantuomo secondo il codice dell'umana commedia -, a mettere in piazza l'ignominia della donna che lo amava? Non ne so nulla; tempo perso lambiccarsi il cervello nell'indagine se fu meditato e preparato con malizia da artista il colpo finale d'ammettere la venuta a Napoli dopo averla negata ostinatamente durante l'interrogatorio, e di fronte ai testimoni, dopo aver lasciato che il difensore sprecasse tutti i tesori dell'ingegno, tutti i sofismi dell'arte oratoria per dimostrarci come i testimoni pigliassero abbaglio o mentissero e il suo cliente non si fosse mosso dal territorio di Sant'Eufemia. Chi può dire quante facce assuma l'ipocrisia e quante volte la verità ci apparisca bugiarda? Quante volte ci lasciamo ingannare da un preconcetto d'antipatia o di simpatia e ricusiamo fede a un'anima candida e crediamo ciecamente a un farabutto che si burla di noi?

Questo ho voluto premettere alla discussione circa il fatto specifico del reato ascritto al sergente Faraone, perché la causa vi tornasse davanti sfrondata da ogni parvenza eterogenea, perché il vostro giudizio fosse sgombro d'ogni apprezzamento estraneo al fatto in se stesso. Dimentichiamo, signori, l'ultima fase del dibattimento, spontanea o artificiosa che sia, ributtante o compassionevole; dato l'uomo, secondo abbiamo avuto agio di studiarne l'organismo morale nel lungo corso della discussione, ricostrutte ad una ad una le circostanze che precedettero, accompagnarono e seguirono il furto, vagliati al crogiuolo gli indizi d'accusa e le obiezioni defensionali, non ci resta che interrogare la nostra coscienza e ad essa attingere il vero perché del nostro voto, sì, o no, senza rispetti umani, senza titubanze, senza preoccuparci delle conseguenze. Può accadere che il nostro convincimento sia erroneo, ed erroneo il voto che ne scaturisce, tanto di condanna quanto d'assoluzione, ma la giustizia degli uomini è sempre giusta, ad un patto: che non abbiano rimorso gli uomini che la pronunciano.

- Passiamo alla votazione: sì o no, senz'altro. Potrei formulare il quesito: è colpevole il sergente Faraone? Ma nella sua crudezza darebbe adito a restrizioni mentali o anche esplicite, le quali necessariamente importerebbero un nuovo scrutinio subalterno; stimo quindi più semplice e opportuno redigerlo in questi termini: esistono sufficienti indizi per ritenere il sergente Faraone autore del furto qualificato in danno dell'Amministrazione militare, commesso in Napoli, nel quartiere del Reggimento «Lancieri di Parma» la notte dal 28 al 29 giugno 18...? - Procediamo per ordine inverso d'anzianità. Sì o no. A lei per il primo, capitano Della Freccia.

- No.

- Capitano Agar? - Sì.

- Capitano Torcigliani? - No.

- Maggiore Cavalcabò? - No.

- Tenente colonnello Roda? - No.

- La maggioranza si è pronunciata per il no. Sta bene. Ritengo inutile che il Presidente esprima il suo voto. - Segretario, si compiaccia stendere la sentenza: il Tribunale assolve il sergente Faraone Raffaele dell'ascrittogli reato, per insufficienza di indizi.

- Hai un fiammifero, Torcigliani? - Grazie. Non fumi tu? non sbuffi neppure? il cielo ti benedica, te e la tua pazienza, uomo... sublime!

- Se Dio vuole, ormai siamo agli sgoccioli.

- Speriamo, purché il segretario abbia compassione di noi e nel comporre la sentenza non si creda in dovere di ricapitolare dall'alfa all'omega tutto il dibattimento. Ma sai che son lunghi cinque giorni d'udienza? Preferisco cinque giorni filati di piazza d'anni. - Che ore sono? ho una fame canina. - Vieni qui, Torcigliani: sia detto tra noi due in camera charitatis: non ti pare? Troppo meticoloso, troppo sofistico il Presidente! Viene dalle aquile dello Stato Maggiore e facciamogli di cappello, ma domando io, che bisogno c'era, che bisogno, per cristallina! di tenerci noi, poveri diavoli, cinque giorni inchiodati su quei durissimi segghioni per un processo mal costrutto, senza base, senza fondamento... - Hai un fiammifero? - ... per ripetere cento volte la medesima cosa e farla ripetere dai testimoni...

- Anche a Verona, cinque o sei anni fa, ero giudice del Tribunale, avevamo per presidente il colonnel-lo... aiutami a dire... il colonnello... veniva dai Bersaglieri, era passato al 34...

- Urban?

- Urban era già morto e sepolto a quell'epoca. Un bel tipo, Urban; l'ho avuto maggiore al 47; lo chia-mavamo... come lo chiamavamo? - Insomma, Presidente a Verona non era l'Urban, era... - impossibile che tu non l'abbia conosciuto, veniva dai Bersaglieri, ti dico, romagnuolo, due baffoni... era stato ufficiale d'ordinanza di Pianell...

- Marosetti?

- Marosetti, bravo. - È morto anche lui, appena promosso generale nella riserva. - Quello era un Presi-dente coi fiocchi, pronto svelto... e di manica larga: per esempio, un imputato di furto diceva: io non ho rubato le venti lire al mio compagno, ho voluto solamente fargli uno scherzo... e il Presidente, con una crollatina di spalle: in fondo anche questo può essere uno scherzo come un altro: chi ci assicura che realmente non abbia inteso di fare uno scherzo? E così mandava il ladro a farsi impiccare da un altro.

- Sia detto fra noi due, in camera charitatis: il nostro Presidente è di tutt'altra pasta: il suo desiderio sarebbe stato di picchiar sodo sulle spalle di Faraone e adesso ci tiene il broncio per avergli negato la condanna. Guardalo là, solo, a masticarsi i baffi e contemplare le nuvole attraverso i vetri.

- Anche Marosetti, a Verona, se noi giudici non si votava come l'intendeva lui, faceva il diavolo a quattro. Mi ricordo che un giorno il tenente colonnello... - come diavolo si chiamava? ora è colonnello anziano - glielo cantò in musica, noi votiamo secondo la nostra coscienza e non secondo il Presidente! - Capisci? un tenente colonnello d'Artiglieria, piemontese... si chiamava... l'ho qui sulla punta della lingua...

- Tu mi dirai: in coscienza, Faraone è colpevole o non è colpevole? E io rispondo: Faraone è una schiuma di brigante, colpevole di questo e di cento altri reati e merita cento forche non una sola, ma prove dirette, vere prove contro di lui non ne abbiamo ed io, giudice, me ne lavo le mani e lo mando, come il tuo Marosetti, a farsi impiccare da un altro. - Dammi ancora un fiammifero.

- Io invece ragiono diversamente: Faraone sarà un brigante, scaltro, malizioso, canaglia da far le fusa a Satanasso in persona, ma questa volta l'autore del furto alla cassa del suo Reggimento non è lui, e non è lui, perché... per mille ragioni!... perché... perché... insomma non è lui! mi spiego? Che fosse presente a Napoli quella notte, per me non prova nulla: o non potrebbe esser venuto davvero per uno dei suoi intrighi con una donna maritata? Anche a me - ero sottotenente a Bologna, al 29 - toccò di rientrare nascostamente dalla licenza per un'avventura di questo genere; sai con chi mi trovo alla stazione, becco a becco? col mio Capitano, l'uomo più sospettoso che abbia mai passeggiato sulla crosta della terra: un sardo!

- Era il marito?

- Peggio del marito: era il mio concorrente! Un sardo, figurati! Non so cosa ne sia successo, l'ho perso di vista; se mi dai mezzo minuto, ti dico il nome; dovresti averlo conosciuto; è andato via da maggiore nei distretti; impossibile che in Italia o in Africa non te lo sia trovato fra i piedi: tutto nervi, tutto fegato, basso, pelle bruciata, irrequieto, attaccabrighe; si chiamava... aiutami tu: non ti ricordi, tu che sei stato in Africa con lui durante la spedizione San Marzano? Si chiamava...

- Pensaci, io intanto vado a farmi dare un fiammifero da Cavalcabò; la tua scatola è vuota.

- Cavalcabò...

- Parla piano, il segretario sta elaborando la sentenza, e non ti consiglio di frastornarlo, se vogliamo arrivare a casa per l'ora di pranzo.

- Dovrebbe tosto aver finito, per cristallina! Guarda: trentacinque minuti d'orologio dacché si è rinchiuso dietro il suo paravento. Cosa scrive? Un trattato di Sant'Agostino? Bastano quattro righe senza tanti considerando e attesoché per buttar giù una sentenza d'assolutoria. Mi viene un'idea: Cavalcabò, se picchiassimo due colpetti contro il paravento, piano, piano, per sollecitarlo a sbrigarsi?

- Sta fermo, che il Presidente ci guarda.

- Niente paura, son persuaso che anche il Presidente...

- Parla piano!

- ... anche il Presidente non aspetta altro che di battere in ritirata e sfogare lontano da qui il suo malumore - Se mi dai ancora un fiammifero, mi fai piacere; che razza di virginia ci regala il governo, io non lo so: serviranno ai muti, forse; per uno che voglia fumare e discorrere, non c'è verso, ogni quattro parole si spengono.

- Dimmi una cosa, Della Freccia, ma mi raccomando, parla piano: in tutta confidenza che te ne sembra di quell'epistolario galante, letto a vapore dal Presidente?

- Molto galante, e molto... come si direbbe? molto... espressivo da parte d'una signora, che a giudicarla tra le linee, sulla scala sociale dovrebb'essere più vicina all'Olimpo che ai rigagnoli di via Mardones. Fortunato Faraone! Compatisco il marito vattalapesca chi sia - ma invidio Faraone, e siccome le droghe tanto più mi danno buon sangue quanto più sono piccanti, alla lettura mi son divertito un mondo.

- D'accordo, ma poiché il pubblico era stato mandato via, che necessità di non lasciarci pasteggiare il romanzetto tra di noi, in famiglia, come un bicchierino di rosolio? Pochi discorsi: i documenti si leggono perché i giudici possano farsene un concetto, ovvero per gettar loro una nuvola di polvere negli occhi? Leggendo lui a precipizio e a rompicollo, saltando degli interi periodi, certo i più scabrosi e più interessanti, mugolando, soffiando, ansimando, il Presidente ha scoperto troppo il suo giuoco che era quello di farci capire il meno possibile e arrivar presto alla fine.

- In camera charitatis, se ho a dirtela schietta, io ebbi l'impressione che appena aperto il plico, il Presidente sia rimasto di sasso, quasi terrorizzato, come se dalla busta gli fosse scivolato improvvisamente una biscia sulle mani. Perché? Questo ti domando io, Cavalcabò del mio cuore: perché? - Fu svelto a rimettersi subito in carreggiata, ma quanto a darci il bandolo della matassa non era certo nelle sue intenzioni, e così per salvare le apparenze... rammenti il Ballo in maschera? Fuggi fuggi per l'orrida via... attraverso una lettura vertiginosa.

- E chiuso il dibattimento, ritiratici per la votazione, ero sì o no nel mio diritto d'arrischiare l'umilissima istanza che il Tribunale fosse un po' meglio informato, rileggendo le lettere e i telegrammi d'amore, osservando il ritratto dell'eroina? Invece... uno, due, tre: tac! la busta era già sparita. Un discorsetto agrodolce del Presidente che ci ammoniva di non rompergli i tabernacoli, la nostra solita pecoraggine di chinar sempre la testa per disciplina anche dove la disciplina non entra... e felicissima notte.

- Felicissima notte, ma per centomila milioni di milioni di diavoli, una sbirciatina al ritratto avrei volu-to dargliela anch'io.

- Una delle due: o conosciamo la persona che è in ballo o non la conosciamo. - Prima di tutto, non ci si venga a declamare la predica dello scandalo e della reputazione intangibile d'una pedina! Sta ben attento: non la conosciamo? tanto meglio, amen, e non se ne parli più: la conosciamo invece?

- Qui ti voglio: appunto: e se tutti invece la conoscessimo? Oppure due o tre di noi? O anche uno solo la conoscesse?

- Il mondo non cascherebbe. Ci si direbbe tra di noi, all'orecchio, che neanche l'aria sentisse: «guarda, guarda: la tale!...» e poi, usciti di qui, acqua in bocca. Siamo uomini; o siamo ragazzi? Che stima avete di noi se non vi fidate della nostra prudenza e con destrezza ci fate sparire le carte sotto gli occhi? Uomo retto, uomo imparziale, uomo superiore, aquila volante sulle cime dell'Hymalaia, tutto vi concedo e m'inchino alla vostra altezza, al vostro talento, alla vostra abilità, ai vostri numeri insomma, ma non vi concedo l'arbitrio della diffidenza verso di noi. Parlo bene? Non so se mi spiego. Dimmelo tu, Della Freccia: parlo bene? Francamente.

- Quanto a me, in camera charitatis...

- Sottovoce.

- ... se dipendesse da lui, scommetto che l'amico ci metterebbe volentieri agli arresti pel nostro voto non conforme alle sue intenzioni, il tenente colonnello Roda prima di tutti, e poi te, che sei maggiore...

- Tutti agli arresti, meno Agar.

- Già, Agar, che ha votato per il sì, lui solo, forse perché Faraone gli era specialmente antipatico.

- Faraone appartiene al suo Reggimento. Siamo giusti: voler o no Agar, che l'ha pure avuto al suo squadrone, è in grado d'averlo conosciuto bene e studiato a fondo più di noi.

- Discorsi! pel fatto d'averlo avuto quindici o venti giorni al suo squadrone, anche un mese, se vuoi, anche due, vorresti darmi ad intendere che possiede lui nelle mani quelle prove matematiche di reità che noi non abbiamo saputo trovare, nemmeno a cercarle col lanternino? Sai piuttosto? Mi fa l'effetto d'un uomo invaso dallo spirito di contraddizione e che veda sempre tutto in nero.

- Gli è morta la moglie.

- Me ne dispiace tanto, ma non è questa una ragione... Bada, io non critico il suo voto, il voto è libero e incensurabile, critico la sua perpetua taciturnità, il non volersi affiatare con noi altri che siamo ufficiali come lui in fin dei conti, e senza prove mandare un giovinotto in galera, giurando attraverso i suoi occhiali affumicati.

- Soffre di nevrastenia, non lo sai? Parla piano, che potrebbe udirci.

- Non temere: subito dopo la votazione si è rifugiato in solitudine sul terrazzo a sfidare il freddo e la tramontana.

- Per agguerrirsi alle intemperie della stagione come a quelle della fortuna.

- E buscarsi un malanno, piuttosto d'attaccar discorso con me, per esempio, che non appartengo alla Cavalleria.

- Sei maligno. Ti ripeto che soffre di nevrastenia, aggravatasi allo stato acuto appunto dopo la morte quasi fulminea della moglie. In confidenza: al suo Reggimento si va sussurrando a bassa voce di qualche attacco d'epilessia più o meno larvata; a cavallo non monta più da un pezzo e finirà, oggi o domani, per chiedere l'aspettativa. Tale e quale come sua moglie: a poco a poco si scava la fossa coll'uso sempre crescente della morfina. - L'hai conosciuta sua moglie?

- So ben che scherzi: io, povero fantaccino, una signora di Cavalleria? Per principio, conosco solo le signore del mio Reggimento, e non tollero che la mia signora faccia e renda altre visite. Spirito di corpo. - Tu piuttosto l'avrai conosciuta, uomo brillante, sempre giovine, sempre conquistatore, che frequenti l'altissima società.

- Non mi crederai: quella donna mi ha sempre fatto paura.

- Per cristallina!

- Paura. In questo senso: la sognavo di notte, e di giorno, avvicinandola, mi accorgevo di essere davanti a una sfinge impenetrabile. Non già che io ne fossi innamorato, ma... non so se mi spiego: a volte un gesto benigno, direi quasi... cristianamente misericordioso, uno sguardo limpido di dolcezza nel quale pareva che nuotassero come in un lago tutte le vele bianche dell'innocenza, a volte certe mezze parole troppo significative, e negli occhi certi lampi di perfidia che mi atterrivano.

- ...Dammi un fiammifero.

- Appena la vedevo comparire in un salotto, per esempio, ai balli dell'Unione, della Croce Rossa, della Caccia, mi appiattavo timido tra la folla degli invitati, per non essere visto da lei e se lei, passando, mi ravvi-sava e mi porgeva la mano e mi salutava, in quel momento io, maggiore d'Artiglieria, che conosco i miei galletti e segnatamente le mie galline, in quel momento avrei implorato come una grazia del cielo che la terra si fosse spalancata sotto i miei piedi e mi avesse inghiottito l'abisso.

- Cose che succedono. - Ma paura di che, insomma?

- Non lo so. Paura! Forse di innamorarmene? Forse che ella si innamorasse di me? Non lo so. Era una creatura troppo... come dire, troppo danubiana.

- Danubiana?

- Sì, bulgara... moldovalacca... di quei paesi laggiù sulle sponde del Danubio, dove pare che le donne d'alto bordo, almeno quelle che capitano qui da noi, scommettano a chi incarna il romanzo più stravagante.

- Bella donna?

- Secondo i gusti e le simpatie. Non era una di quelle bellezze che s'impongono senza discussione, però gli uomini l'innalzavano al settimo cielo e per lei molti avrebbero lastricato di smeraldi il campo delle loro corse alla conquista. Bellissima, no, ma affascinante!... affascinante per qualche cosa di zingaresco che aveva nei gesti e nella voce gutturale, per la fiamma che le balenava negli occhi... occhi tenebrosi, d'inferno, caro Della Freccia! E mi dici niente il contrasto di quelle pupille notturne con una capigliatura quasi scarlatta? Artificio? Va benissimo, ma artificio da artista non da parrucchiere, come, del resto, si rivelava sempre artista in ogni minuto e in ogni atto della sua vita, nell'eleganza e nell'originalità del vestire, nella musica, nel cavalcare, nel discorrere col primo venuto d'arte e di frivolezze...

- ... nell'essere innamorata del marito!

- E perché no? anche questo può darsi, a titolo d'un capriccio originale e d'una stravaganza, in certo modo artistica essa pure da aggiungersi a tutte le altre. Comunque, se ebbe delle fantasie extraconiugali, furono avvolte in un mistero così sapiente che non trapelarono mai ad onta delle più zelanti inquisizioni di certi cani da fiuto che ci rimisero la fatica, inquisizioni malvagie, sobillate dall'invidia di certe signore...

- Bada, adesso tocca a me suggerirti di parlar piano.

- ... l'ultima volta che la vidi fu verso la fine di luglio, a Castellamare, al gran lunch sul yacht del principe di Villa Formosa pel battesimo della bandiera. Tutta vestita di bianco a scintille d'argento: un barbaglio sotto il sole da farti chiudere gli occhi. Rammento che così bianca e sfavillante com'era, con un cappello bianco alla Rubens, semplicissimo e immenso, ricco nient'altro che d'una penna di struzzo favolosa che le scendeva a metà spalla, appena giunta a bordo, con quella sua disinvoltura balcanica, miscuglio d'alterezza e di brio, si creò da sé regina della festa e puoi immaginarti se a bordo d'un yacht principesco, in una circostanza così solenne, mancavano duchesse e principesse, giovani e belle, e taluna anche più bella di lei, ma non altrettanto incantatrice!

- Acqua, padre, che il convento brucia! E vuoi darmi ad intendere che non ne eri innamorato, anzi avevi paura di cotesta donna? - Parla piano, parla piano!

- Otto giorni dopo, giorno per giorno, cotesta donna era morta!

- Si parlò di suicidio, se non erro.

- Lo sai tu? se ne dissero tante e infatti da qualche silaba sfuggita ai medici pare che quella d'una morte volontaria sia la versione più accreditata. Suicidio per avvelenamento. E la causa? Buio pesto: un colpo improvviso di pazzia cagionato dall'abuso della morfina, secondo gli uni: debiti enormi a insaputa del marito, secondo gli altri...

- Si vociferava che fosse ricchissima e che, sposandola, Agar avesse fatto un salto nelle miniere di Creso.

- Intanto i debiti sono rimasti, questo è certo, e se il marito non ha altre miniere che quelle, poveri creditori! - A sentire altre voci, minaccia terribile, imminente di cecità e nessuna speranza di salvezza: abbandono repentino da parte d'un amante segreto... anche questo si disse per iniqua mania di mormorazione, però senza l'ombra d'un pretesto lontanamente plausibile. Fatto sta che da un'alba all'altra, l'abbia voluto lei di sua elezione o l'abbia voluto il destino, precipitò nelle tenebre.

- Requiem aeternam. - In camera charitatis, tu hai bel difenderla a spada tratta e si capisce, ma se fossi io il vedovo d'una valacca di questa risma, assai più che dalla sua partenza verso il seno d'Abramo, sarei afflitto dall'idea di doverne pagare i debiti. Oh! eccolo che torna, l'inconsolabile eroe, dai freschi vagabondaggi sul terrazzo.

- Il Presidente è andato a chiamarlo, segno che la nostra clausura sta per finire. Grazie al cielo, era tempo.

- Vieni qui: gli sei amico, tu?

- Di Agar?

- Di Agar.

- Amicizia... relativa.

- Nei tuoi panni comincerei adesso ad aver paura.

- Perché?

- Non vedi che faccia stravolta e che occhi spiritati?

- Ebbene?

- Sta in guardia. Lei viva, nessun rischio, data la perpetua cecità di noi mariti, specie se la tua dama bianca era così prudente come dici: morta, è un altro paio di maniche: speriamo che egli non attraversi un brutto momento di gelosia postuma, perché a vederlo con quell'aria truce e gli occhi che gli scappano dalla testa, certi amici relativi sarebbe capace d'infilzarli tutti.

- Ti giuro sulla mia parola d'onore...

- Cannas Cadeddu! Cannas Cadeddu!

- Che c'è, Torcigliani? sei diventato matto?

- Quando mi si ficca un chiodo nel cranio, se non riesco a strapparlo io sono un uomo morto. Si chiamava Cannas Cadeddu quel capitano sardo di cui ti parlavo. Figurati come rimasi quando alla stazione di Bologna...

- Signori giudici, il segretario ha terminato di stendere la sentenza. È molto lunga. Favoriscano prender posto e udirne attentamente la lettura prima di sottoscriverla.

- Debbo io pure firmarla?

- Senza dubbio.

- Io che ho votato per la colpabilità del sergente Faraone?

- Lei come gli altri, capitano.

- Anche contro la mia intima convinzione?

- Anche: la sua convinzione personale, qualunque sia, deve cedere di fronte a quella della maggioranza.

- Ha errato la maggioranza!

- Non tocca a lei sindacarla, e mi meraviglio...

- Colonnello, se io mi rifiutassi di firmare?

- Ella ha troppo rispetto alla legge per ribellarsi ai diritti della maggioranza e troppo buon senso per non comprendere che un simile rifiuto sarebbe non soltanto un'offesa verso i giudici suoi colleghi ma un atto inconsulto di disobbedienza, ed io, Presidente, non sarò costretto ad usare della mia autorità per richiamarla alla disciplina.

- Io potrei rivelare ai miei colleghi...

- Che cosa?

- ......

- Che cosa potrebbe rivelare?

- Non mi crederebbero, lo so, non mi crederebbero, eppure... se io parlassi...

- Capitano Agar, che reticenze son queste, si spieghi.

- Ah! mancano gli indizi a carico del sergente Faraone e voi lo avete assolto! Bravi. Andrò io a denunciarlo al Procuratore del Re. Se non ci fosse che il furto... ma c'è ben altro, e andrò io a denunciarlo. Guardate, se avete occhi: c'è qui una donna, in questa stanza, io la vedo, era pure in sala d'udienza, ritta, di fianco all'accusato e poi è entrata con noi in camera di consiglio e non mi si moveva d'accanto e volli fuggire e mi ha inseguito sul terrazzo...

- Capitano Agar, non voglio supporre che ella in questo momento si prenda gioco di noi. Pensa a quello che dice?

. . . .

. . . . .

. . . .

. . . . .

- Aprite le finestre... spalancate le finestre!... ho un groppo alla gola che mi soffoca... non voglio morire strozzato!... spalancate le finestre, vi dico!

- Si calmi, capitano, lei è in preda a un'eccitazione nervosa... non è niente, passerà tra un minuto. - Signori ufficiali, si uniscano a me per consigliargli la calma. Aprano le finestre. - Segga e si riposi, si riposi un momento, qui, accanto a me. - Mi aiutino a sbottonargli la giubba. Adagiamolo sopra questa poltrona. - Vede? le finestre sono aperte. Respira meglio adesso?

- Lasciatemi, lasciatemi libero, non mi circondate così, non mi afferrate per le braccia! Voi mi opprimete, m'impedite di vedere la Rosa Di Crescenzio... scostatevi, voglio vederla... non mi fa ribrezzo quel cadavere!

- (Capitano Della Freccia, corra a chiamare un medico, subito, non perda tempo. Quest'uomo è in pieno delirio, sotto l'incubo d'una terribile allucinazione; non sappiamo quel che possa accadere. Corra, spedisca due, tre soldati alla farmacia più vicina, alla caserma San Francesco dove un dottore militare sarà certamente. Anche lei, segretario, mi raccomando, il primo medico che trova ce lo porti subito!)

- ... Non mi opprimete così... mi state tutti addosso e mi soffocate. Non vedo più la Rosa Di Crescenzio... non importa, se volete saperlo vi dirò io perché al dibattimento mancata la sua testimonianza.

- Più tardi lo sapremo. Ora lei ha bisogno di calma e di tranquillità. Più tardi. Mi ascolti, capitano, per amor del cielo, non si agiti, abbia confidenza in noi, ci conosce tutti, pensi che siamo tutti suoi amici...

- È comparsa al dibattimento... l'ho vista comparire nella sala quando fu pronunciato il suo nome, ma voi non avevate occhi per vederla... ero io solo che la vedevo!... un cadavere putrefatto nell'acqua, lacerato sott'acqua dai denti degli scogli... e stava in piedi, ritta come persona viva, e tutti quanti vi fissava, e c'era una fiamma nelle caverne delle sue orbite... e vi fissava sogghignando, nell'udire i rapporti della Questura che non aveva saputo scoprirne le tracce da nessuna parte... Poveri imbecilli! bisognava andarla a pescare sotto la punta di Posillipo...

- ......!?

- ... in fondo al mare, con un'ancora da pescatori al collo, presso la punta di Posillipo.

- Chi è che l'ha affogata?

- Zitti! non l'interrompano.

- ... Le chiesi, pieno di spavento e d'angoscia: perché venire a torturarmi? Perché ho da esser io, io so-lo, quello che vieni a torturare, trasfondendomi nel sangue il tuo odio e la tua sete di vendetta? E la Rosa Di Crescenzio sogghignava... - È atroce come i morti si fanno intendere senza parlare e il loro linguaggio lo percepite nello spasimo d'essere morti anche voi e in un lampo di vedere ad una ad una, ma con altri occhi da quelli del corpo, tutte le circostanze d'un passato ignoto... terribile, che vi si rivela in un lampo - Lasciatemi dire. Son calmo. La Rosa Di Crescenzio non c'è più.

- Per carità, non l'interrompano.

- ... Aver preso tante cautele, credersi al sicuro e improvvisamente sentirsi sul capo la minaccia dei primi sospetti! I minuti incalzano. Rosa Di Crescenzio, se trapela il tuo nome e sei condotta innanzi alla giustizia, guai. Finché servi da intermediaria galante, per quattro soldi il segreto lo mantieni, è il tuo mestiere, ma per poco che il giudice ti metta alle strette, addio: canti che è una delizia. La famosa operazione fosse riuscita cospicua come non si dubitava, a imbarcarti per le Americhe si farebbe presto: non fosse in ballo che il signorino, l'anima gli basterebbe d'affrontarne cinquecento vecchie male femmine del tuo conio, ma la signora... la signora che lo tiene tra le unghie, l'ultima carta la vuol giuocare... è più temeraria di lui perché ha paura! L'ha istigato al gran colpo, gliel'ha imposto con minacce e con lagrime per goderne il frutto, e ora inferocita dal pericolo non sapendo ella stessa se ha più paura di perdere l'amante o d'essere travolta con lui, giuoca l'ultima carta sulla tua pelle! È irremovibile, è feroce: non si fida che dei suoi occhi: a casa non tornerà finché sotto i suoi occhi non t'avrà vista sparire... con una cravatta di ferro al collo!

- Notte scura e serena. O dolce Napoli... La luna è all'altezza di Posillipo. Sparisci, Rosa Di Crescenzio!

- Neppure il tempo di gettare un urlo... il breve dibattersi del corpo e tutto è finito. L'uomo l'ha strangolata, in un attimo, a tradimento, mediante la cinghia della sciabola.

- In barca?

- Lui solo?

- ... Forse non è morta!... Il tuffo freddo le smorzerà gli ardori. Occorre sbrigarsi. Ma il canape da pesca, umido e massiccio, egli non sa maneggiarlo, i nodi non tengono, per legarla all'ancora solidamente gli tocca pure servirsi della dragona. La signora regge il fanale. A bagno! a bagno! Peggio d'un mastodonte di piombo cotesta carcassa d'una vecchia! Non vuoi sparire? Dalla parte dei piedi la signora agguanta anche lei... spinge... - È sparita!

- ......

- O dolce Napoli, o mar beato... la melodia lontana, nel golfo, d'una canzonetta palpitante tra i mandolini al lume delle stelle... questo ci vorrebbe per l'effetto drammatico... ma il golfo è taciturno.

- La compagna dell'assassino... l'ha riconosciuta?

- Guiderò io le indagini nel punto preciso che sarà necessario scandagliare, là, sotto il castello di Donn'Anna, dove il cadavere fu trascinato dalle acque e si ammarrò in una dentiera di scogli... e a Mergelli-na... a Mergellina...

- Chiude gli occhi.

- ... Non mi lasciate addormentare... Ho un gran sonno... se mi addormento... lo so, ci vado soggetto... appena svegliato non ricordo più nulla... gli altri insistono: hai detto questo, pensaci bene, hai fatto quest'altro... e non ricordo più nulla!

- Zitti!... così fosse che potesse davvero pigliar sonno!

- ... Lo troverò io a Mergellina il padrone della barca... egli potrà dirlo alla giustizia, una sera capitarono in tre a domandargli la barca... un militare e due donne... una di esse...

- Colonnello, è qui il medico.

- ... Silenzio...!

- ... Era vestita come le inglesi in viaggio, sul cappello e tutt'attorno alla faccia un velo spesso, impenetrabile...

- È qui il medico.

- Ho capito! Venga.

- ... Il medico... se avesse una goccia di morfina... ma non l'avrà... non ne hanno mai i medici quando in nome di Dio gliela chiedete per calmare lo spasimo!...

- Si assopisce.

- ......

- Dottore, vede in quale stato si trova da più di mezz'ora? Che c'è da fare? dica lei. Sulle prime pareva che ragionasse, ad un tratto ci cadde nelle braccia dibattendosi, aveva la schiuma alla bocca, cominciò a delirare... - ... Dorme. – Un deliquio?

- Manco per idea. Lasciatelo così, non toccatelo. Ora dorme.

- Non c'è niente da fare?

- Niente pel momento, altro che coricarlo sul divano. Io qui rimango. Vedremo più tardi, quando sarà svegliato, probabilmente tra un'ora circa, forse prima, forse dopo; chi lo sa?

- Fenomeni nervosi, senza dubbio.

- Perfettamente: fenomeni neuropatici, variabilissimi non solo da individuo a individuo, ma pure nello stesso soggetto. - Non ci sta un divano? Colonnello, mi raccomando, fate portare un divano.

- Non so troppo... segretario, dove si piglia un divano?

- In ufficio non abbiamo che quello dell'avvocato fiscale.

- Faccia portare quello dell'avvocato fiscale, subito!

- E due cuscini pure, se non vi dispiace, segretario.

- Intanto vorrei chiederle una cosa, dottore: e la sentenza? Il capitano deve firmare la sentenza già votata e assistere alla lettura in sala d'udienza. Potrà farlo dentr'oggi? Sotto pena di nullità il Tribunale non può muoversi finché la sentenza sia stata letta in pubblico, presenti tutti i giudici.